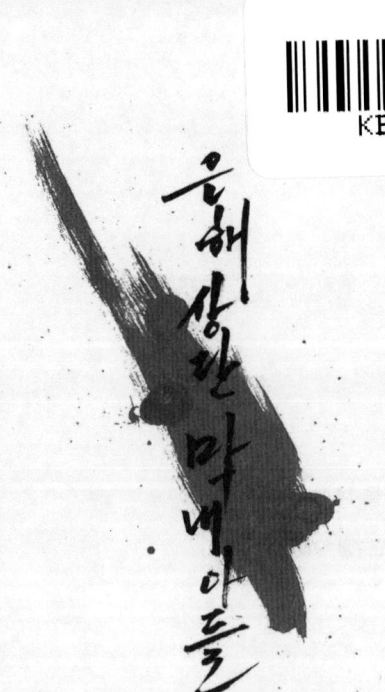

은혜 상단 막내아들

은해상단 막내아들 14

초판 1쇄 발행 2024년 7월 19일

지은이 ｜ 향란
발행인 ｜ 최원영
편집장 ｜ 이호준
편집디자인 ｜ 최은아
영업 ｜ 김민원 조은걸

펴낸곳 ｜ ㈜ 디앤씨미디어
등록 ｜ 2002년 4월 25일 제20-260호
주소 ｜ 서울시 구로구 디지털로32길 30 코오롱디지털타워빌란트 1301-1308호
전화 ｜ 02-333-2513(대표)
팩시밀리 ｜ 02-333-2514
E-mail ｜ papy_dnc@dncmedia.co.kr
블로그 ｜ blog.naver.com/gnpdl7

ISBN 979-11-364-5473-7 04810
ISBN 979-11-364-4602-2 (SET)

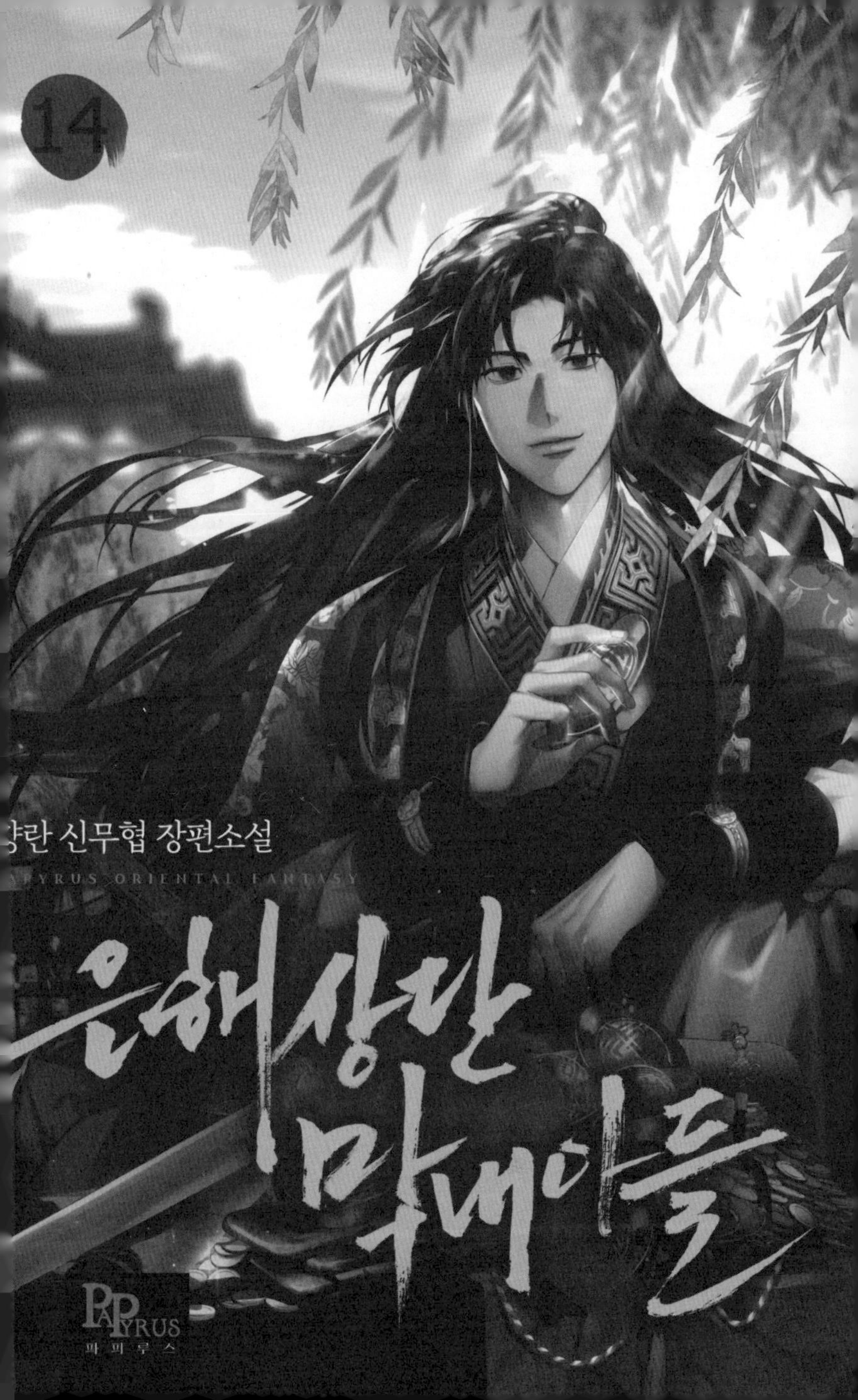
14
신무협 장편소설
ORIENTAL FANTASY
은해상단 막내아들
PAPYRUS
파피루스

69장. 석가장의 혼인 연회

석가장의 혼인 연회

나는 석추길 관생의 얼굴을 봤다가 다시 고개를 들어 대문 위에 걸린 현판을 보았다.

[상현 석가장]

내 앞의 이 관생이 이전 삶에서 유 내총관의 후임 총관의 오른팔이었던 석 부관이라고?

나는 믿을 수가 없었다.

하지만 분명 그는 막내아들이었고, 이름 역시 석추길이었다.

솔직히 석추길 관생을 학관에서 처음 봤을 때는 그냥 동명이인이구나 싶었다.

세상에는 같은 이름을 가진 자들이 참 많으니까.

내가 동명이인이라고 생각하고 넘겼던 이유는 바로 얼굴이었다.

석추길 관생의 얼굴은 살짝 곱상했지만 내 기억 속 석부관의 얼굴은 우락부락했기 때문이다.

그러니까…… 저 얼굴이 성장하면 내가 아는 그 얼굴이 된다는 건가?

아니, 도저히 상상이 안 가는데.

내가 속으로 고민하고 있자, 팔갑이 의아한 표정으로 내게 물었다.

"왜 그러십니까요?"

"응?"

"뭔가 심각한 표정이셔서 말입니다요."

"아무것도 아니야."

나는 속으로 한숨을 내쉬었다. 우선 안으로 들어가야지.

석가장 앞에는 이미 줄이 길게 늘어서 있었다.

입장하면서 석가장의 장주에게 인사를 하고 눈도장을 찍을 목적의 이들이다.

하지만 나는 석추길 관생을 데리고 온 것이니 그냥 들어가면 된다.

"헉! 도련님?"

"도련님 오셨습니까?"

석추길 관생을 알아본 집안의 하인들이 얼른 그에게 고개를 숙였다.

"응. 나 왔어. 아버지는?"

"저쪽에 계십니다."

석추길 관생이 고개를 끄덕이더니, 내게 말했다.

"조교님, 아버지께 인사부터 드리러 가죠."

"그게 좋겠구나."

우리는 석추길의 아버지가 계시는 곳으로 향했다.

그의 아버지가 대문 앞에 서서 손님들을 맞이하고 계셨다.

오랜만에 뵙네.

나는 그리 생각하며 가까이 다가갔다.

"아버지!"

"이게 누구야? 우리 추아가 왔구나!"

"네, 아버지. 소자 누님의 혼례를 위해 잠시 집에 들렀습니다."

생각보다 멀쩡하게 말하는 석추길 관생의 모습.

내가 석추길 관생이 그 석 부관이라는 것을 몰라봤던 또 다른 이유는 바로, 그 언행 때문이다.

감탄이 나올 정도로 정중했던 언행 덕분에 상단 모든 사람들이 그를 좋아했다.

그러니 갱생전문 학관인 정인 학관 출신임을 전혀 생각하지도 못했던 것이다.

그 뒤를 이어 나도 정중히 고개를 숙여 석 장주님에게 인사했다.

"따님의 혼례를 축하드립니다."

내 인사가 끝나기 무섭게 석추일 관생이 얼른 말했다.

"아버지, 이쪽은 은서호……."

"헉!"

하지만 석추길 관생의 말이 끝나기도 전에 석 장주님의 눈동자가 커졌다.

나를 알아본 것이다.

"아니! 이게 누구십니까? 은 소단주님 아니십니까? 상단주님께서는 아까 오셨습니다."

역시 아버지께서도 오셨구나.

"그러셨군요. 사실 저는 사정이 있어 막내 아드님의 학관에서 임시 조교로 일하는 중입니다. 하여 막내 아드님을 데리고 왔습니다."

"그 선협미랑께서 직접 말입니까?"

석 장주님은 감격에 겨운 표정을 지었고, 반면 석추길은 '이게 아닌데…….' 싶은 얼굴이었다.

"이럴 게 아니라, 어서 안으로 들어가서 연회를 즐기시지요."

"장주님의 호의에 감사드립니다."

"저야말로 방문해 주셔서 감사할 따름입니다."

석 장주님은 하인을 불러서 나를 안쪽으로 안내해 주도록 했다.

"추아는 선협미랑 공 옆에 딱 붙어서 그 언행을 배우고, 잘 모시도록 하거라."

"……네."

그렇게 나는 석추길 관생과 함께 연회장의 상석으로 향했다.

가는 길에 나를 알아본 이들이 다가와 인사하는 것을 받아 주느라 상석까지 가는 데도 한참 걸렸다.

간신히 자리를 잡은 나는 석추길 관생을 앉혀 두고는 아버지께 향했다.

아무리 석 관생이 중요해도 아버지가 오셨는데, 뵙지 않는다는 건 말이 안 되지.

"아버지."

"서호구나! 볼일이 있다면서 집에도 돌아오지 않더니, 여기는 어쩐 일이냐?"

"사실……."

나는 아버지에게 자초지종을 이야기 했고, 내 말에 아버지는 고개를 끄덕이셨다.

"그렇게 된 거구나. 알겠다. 그럼 어서 가 보거라."

"네."

나는 아버지께 인사하고 자리로 돌아왔다.

하고 싶은 이야기가 많기는 했지만, 이곳은 수많은 이들이 모인 연회장이다.

그렇기에 조심해야 했다.

무심코 흘린 정보 하나가 큰일로 번질 수 있으니까.

나는 석추길 관생 옆에 앉아 음식을 먹기 시작했다.

그런데 석추길 관생의 표정이 그리 좋아 보이지 않았다.

"누이의 혼삿날 아닙니까? 왜 그리 표정이 우울합니까?"

"……."

나는 옅은 미소를 지으며 작게 속삭였다.

"아버지께 학관과 저에 대해 하소연할 생각이었는데, 그게 마음대로 되지 않아서 그렇습니까?"

"……!"

내 물음에 그는 움찔하며 손을 내저었다.

"그, 그럴 리가 없지 않습니까?"

"후, 표정에 다 드러납니다."

"……."

말없이 고개를 숙인 그를 보며 차분히 물었다.

"왜 오늘과 같은 결과가 나타났는지, 그 이유를 아십니까?"

"그건……."

"바로 명성과 신뢰입니다. 저는 지금까지 많은 일을 하며 선한 명성을 쌓고 신뢰를 얻었습니다. 그에 반해 석관생이 쌓고 얻은 건 무엇입니까?"

"……."

나는 미소 지었다.

"솔직히 저는 좋은 사람은 아닙니다. 선한 인간이라고 할 수도 없죠. 하지만 제가 쌓은 선한 명성이 저를 선하고 좋은 사람으로 인식하게 만들어 줍니다."

나는 말을 이었다.

"물론 선한 명성을 쌓는 건 어렵습니다. 악명을 쌓는 것보다 훨씬 어렵죠. 하지만 본인의 인생에 도움이 되는 건 선한 명성입니다. 악한 명성은 그 명줄을 재촉할 뿐입니다."

나는 그에게 술잔을 내밀었다.

"……!"

이를 보는 그의 눈동자가 흔들렸다.

"받으십시오. 오늘 같은 날은 한잔하셔도 됩니다."

"정말이죠? 이거 마셨다고 패거나……."

"사람이 살면서 어떻게 술 한 잔도 마시지 않을 수 있겠습니까? 다만 제가 그동안 술을 마시는 것을 막았던 건 자제력을 길러 주기 위해서였습니다."

"자제력…… 입니까?"

"네."

나는 고개를 끄덕였다.

"고작 며칠, 몇 주 정도 금주할 수 있는 자제력도 없다면 무슨 일을 해낼 수 있겠습니까?"

"……그렇군요."

그는 술잔을 들었고, 나는 그에게 술을 따라 주었다.

솔직히 나는 그가 술잔의 술을 한 번에 입에 털어 넣을 줄 알았다.

하지만 조금만 맛보더니 잔을 내려놓았다.

"오늘은 이 한잔으로 만족하겠습니다."

"잘 생각하셨습니다."

"그리고 저도…… 은 조교님처럼 되고 싶습니다."

나를 바라보는 눈빛이 뭔가 아까와는 완전히 달라져 있었다.

뭐, 뭐지? 갑자기?

부담스럽네.

* * *

석추길은 자신 옆에 앉은 은서호를 보았다.

그의 계획이 완벽하게 어그러진 것에 대해 별로 기분이 좋지 않았다.

하지만…….

자꾸 아버지의 표정이 눈앞에 맴돌았다.

"아니! 이게 누구십니까? 은 소단주님 아니십니까?"

은서호를 대하는 아버지의 모습은 그도 처음 보는 격렬한 환대였다.

그동안 아버지를 비롯한 가족들에게 자신은 언제나 귀여운 막내였다.

뭘 해도 귀엽다는 눈빛.

석추길은 그 눈빛에 다른 무언가가 담겼으면 좋겠다는 생각을 하기 시작했다.

하지만 좀처럼 그 눈빛은 바뀌지 않았고, 그래서 조금

씩 일탈 행동을 하기 시작했다.

그러면 다른 표정을 볼 수 있었으니까.

그런데 오늘 아버지가 보여 준 표정에 뭔가 기분이 이상해졌다.

그가 아버지를 비롯한 다른 사람들에게 바랐던 건 귀엽다는 그런 것이 아닌…… 인정이었다.

인정받고 싶었고, 칭송받고 싶었다.

그런데 자신의 이상향인 사람이 눈앞에 나타났다.

그래서였을까?

은서호가 한 말들이 그의 뇌리에, 심장에 깊숙이 박혔다.

그래서 그는 은서호에게 물었다.

"저도 은 조교님처럼 되고 싶습니다. 그래서 말인데 저도 선한 명성을 쌓으면 은 조교님처럼 될 수 있을까요?"

은서호는 선선히 고개를 끄덕였다.

"물론입니다."

석추길의 눈에 은서호의 미소가 참으로 멋지게 보였다.

.
.

.

날이 점점 어두워지며 혼례가 시작될 시간이 되었다.

그런데…….

아까부터 뭔가 부산스러운 것이 문제가 생긴 듯했는

데, 가만히 앉아 있자니 같은 집안사람으로서 조금 떨떠름했다.

석추길은 은서호에게 양해를 구했다.

"저, 뭔가 일이 생긴 것 같습니다. 가서 무슨 일인지 알아보고 오겠습니다."

그의 말에 은서호는 선뜻 고개를 끄덕였다.

"그렇게 하십시오."

허락을 받은 석추길은 웅성거리는 곳으로 향했다.

"무슨 일인가요?"

"아! 도련님."

"아까부터 이쪽이 소란스러워서요. 그래서 무슨 일인가 해서 왔는데…… 심각한 일인가요?"

그들의 기억과는 전혀 다른 석추길의 말투에 그들은 눈을 깜빡였다.

평소였다면 "무슨 일인데 이렇게 시끄러워? 이 ××! 술맛 떨어지게……."라고 했을 사람이니까.

하지만 이렇게 정중하게 물어보니, 뭔가 싶은 것이다.

"제가 알면 안 되는 일인가요?"

"아, 아닙니다."

시종들이 눈치를 보더니, 한 명이 조심스럽게 입을 열었다.

"그게…… 납정 때 받은 예물 중 찻잔이 사라졌습니다."

"네?"

납정은 신부 측에서 혼인에 동의하면 보내는 본격적인

예물.

상현 석씨 가문에서는 혼인할 때 반드시 찻잔을 예물로 주고받았다.

그리고 혼례 때 그 찻잔에 차를 담아 나누어 마시는 것이 가문의 규례다.

만약 이를 하지 않으면 혼례 자체를 없던 것으로 할 정도.

그러니, 찻잔이 사라졌다는 건 무척이나 심각한 일인 것이다.

그렇다고 다른 찻잔을 쓸 수도 없다.

예물로 받은 찻잔이 아닌 다른 찻잔을 사용하면 일찍 과부가 된다는 말이 있기 때문이다.

뭘 그런 것으로 혼인을 없던 것으로 할 정도냐고 할 수도 있지만, 그건 대대로 내려오는 규례이기에 그 누구도 이를 어길 생각을 하지 못했다.

사람들이 부산스럽게 움직였던 이유가 있었다. 그 찻잔을 찾고 있던 것.

'어쩌면 좋지?'

만약 그 찻잔을 찾지 못해, 이대로 혼례가 무효가 된다면 누님이 무척 상심할 것이다.

하지만 이미 가문 사람들이 총동원되어 찾고 있는데도 아직 찾지 못한 것이다.

그걸 본인이 어찌 찾을 수 있을까?

그때 문득 떠오르는 생각.

'어쩌면 은서호 조교님께서는 뭔가 방법을 알고 계실지도 몰라.'

거기에 생각이 미친 석추길은 은서호에게 돌아갔다. 그리고 그 앞에 털썩 무릎을 꿇었다.

"무슨 일입니까? 왜 갑자기⋯⋯."

"은 조교님. 도와주십시오."

석추길은 고개를 들어 은서호를 보았다.

"잃어버린 물건이 있습니다. 그 물건을 찾아야 합니다."

* * *

나는 속으로 한숨을 내쉬었다.

이미 잃어버린 물건이 있고 그게 '찻잔'이라는 것은 알고 있었다.

내 귀에 들렸으니까.

하지만 그걸 찾기 위해서 석추길 관생이 내 앞에 무릎을 꿇을 것은 전혀 예상하지 못했다.

나는 그에게 진지하게 말했다.

"사내는 그리 쉽게 무릎을 꿇어서는 안 됩니다."

"그건 저도 압니다. 하지만, 이번 일은 결코 가벼운 일이 아닙니다. 이는 누님의 앞으로의 인생이 달린 일입니다. 그러니, 부탁드립니다."

그리고 나에게 고개를 조아렸다.

주변에서는 그런 우리의 모습을 흥미로운 눈으로 보고 있었다.

나는 가볍게 웃고는 그의 어깨를 두들기며 말했다.

"알겠습니다. 제자가 이리 간청하는데 어찌 모른 척하겠습니까? 저도 한 팔 거들겠습니다."

"감사합니다. 정말 감사합니다."

나는 자리에서 일어났고, 그에게 말했다.

"그 잃어버린 물건이 있던 장소로 저를 안내해 주십시오."

"네."

석추길은 얼른 자리에서 일어났고, 나를 데리고 안쪽으로 향했다.

그리고 자초지종을 설명했다.

"아……."

그 설명에 나는 이전에 이곳 상현 석가장에 있었던 일에 대해 이해할 수 있었다.

이 일로 인해 석가장이 상대의 미움을 받아서 가세가 기울게 된 거였군.

혼인 상대는 제법 유력한 가문이었으니까.

그리고 석추길 관생이 우리 은해상단의 부관으로 일하게 된 것일 테고.

그렇게 생각하는 동안 석추길 관생이 말했다.

"이에 대해 유난이라고 생각하실 수도 있습니다. 하지만 이는 저희 석가장의 자손이 행복한 결혼을 하라는 그런 의미가 담긴 것입니다."

"그런 규율이라면 응당 지켜져야지요."

아무튼, 범인은 그런 석가장의 대쪽 같은 규율에 대해서 잘 알고 있는 자라는 건 분명하다.

그 동기는 원한일 수도 있고, 연모의 감정이 지나쳐서일 수도 있다.

그때 내가 나섰다는 소식이 전해졌는지, 석 장주님이 달려오셨다.

"선협미랑께서 도와주신다고 들었습니다."

"네, 임시지만 제가 몸담은 학관의 관생이 부탁하는데 어찌 이를 모른 척하겠습니까."

석 장주님은 놀란 표정으로 석추길 관생을 보았다.

"네가 직접 부탁한 것이냐?"

"네. 아버지. 이 일이 알려질 수도 있지만, 선협미랑이십니다. 함부로 이를 발설하지 않을 거라고 생각합니다."

"또 저를 이리 믿어 주니, 이에 부응해야지요."

내 말에 석 장주님이 안도의 한숨을 내쉬었다.

"직접 도와주신다니 감사할 따름입니다."

"그럼, 그 찻잔이 어떻게 생긴 것인지 알려 주십시오."

곧 석 장주님의 명에 따라 시종이 찻잔의 생김새를 종이에 그려 주었다.

금으로 만든 찻잔이군.

그때였다.

- 꾸이! 꾸이!

와우, 금령아…… 너 전음도 쓸 수 있는 거냐?

나는 내 뇌리에 들리는 금령의 꾸이 거리는 소리에 속으로 감탄했다.

어째 점점 능력이 늘어나는 듯했다.

그만큼 은자를 많이 먹었다는 의미겠지.

– 꾸이! 꾸잇! 꾸이!

왠지 금령이 뭐라고 말하는지 알 것 같았다.

자신이 그걸 찾을 수 있다는 거다.

"한번 찾아보도록 하겠습니다."

찻잔을 찾으러 가는 척하며 다른 이들이 없는 곳으로 향했고, 옷소매에서 슬쩍 금령을 꺼냈다.

"그러니까, 그 찻잔을 네가 찾을 수 있다고?"

"꾸잇!"

"어떻게?"

내 물음에 금령은 뭔가 살짝 자신만만한 표정을 짓더니 순간 어디론가 사라져 버렸다.

그 속도에 진유 무사가 감탄했다.

"그 어떤 무공을 써도 저렇게 빠를 수는 없을 겁니다."

"저도 그렇게 생각해요."

그리고 잠시 후.

금령이 다시 내 앞에 나타났고, 꼬리를 살랑살랑 흔들었다.

"찾은 거야?"

"꾸잇!"

찻잔이 금으로 만들어진 거라서 그런가? 하여튼 비싼 건 엄청 잘 알아보는 녀석이다.

"안내해 줘."

금령은 다시 내 옷소매 속으로 들어가 꼬리로 한쪽 방향을 가리켰다.

우리는 그 방향을 따라 움직였다.

내가 움직이기 시작하자 석추길 관생과 몇몇 집안 사람들이 내 뒤를 따르기 시작했다.

곧 금령이 도착한 곳은…….

"……?"

후원이었다.

그리고 금령의 꼬리가 가리키는 건 명백하게 후원의 연못 안이었다.

"…….".

저 얼음이 얼어 있는 연못 안에 찻잔이 숨겨져 있다는 건가?

에휴.

나는 한숨을 내쉬며 주먹에 공력을 집중하였다. 그리고 연못을 향해 내리쳤다.

퍽-!

얼음을 깨고 안에 들어가려고 하자, 여응암 무사가 나를 제지했다.

"주군, 이런 건 저희가 하겠습니다."

"이 안에 찻잔이 있다는 말씀이시죠?"

그리고 이필 무사는 얼음을 깨며 연못 안으로 들어가 수색하기 시작했다.

하지만 규모 있는 가문의 후원답게 연못 역시 제법 컸다.

이걸 다 뒤지려면 고생 좀 할 거 같은데…….

나는 사람들에게 안 보이는 각도로 몸을 틀고는 금령을 불렀다.

"금령아."

"꾸이?"

"네가 끝까지 찾아야지."

"꾸이……."

"추운 거 싫다고? 너 원래 추운 곳에서 사는 녀석이잖아. 어디서 엄살이야?"

"꾸…… 잇?"

"알았어. 은자 하나 더 줄 테니까 얼른 가서 찾아."

은자 하나를 더 추가해 준다는 말에 금령은 신이 나서 얼른 연못 안으로 쏙 들어갔다.

잠시 후, 이필 무사가 움찔하더니 손을 꺼냈다.

"이, 이거…….."

그 손에는 그림으로 봤던 그 찻잔이 들려 있었다.

"차, 차, 찾았다!"

"우아아아!"

이에 모두 환호했고, 그 사이 아무도 모르게 돌아온 금령은 내 소매 속으로 쏙…….

"야야! 닦고 들어가야지!"

팔갑이 얼른 다가와 손수건을 꺼내 금령의 몸에 묻은 물기를 닦아 주었다.

저녁이었던 데다가, 사람이 많은 편이 아니어서 금령의 존재를 들키지 않고 잘 마무리할 수 있었다.

뭐, 아무튼, 잘했어.

그리고 찻잔을 찾았다는 소식을 들은 석 장주님이 부리나케 내게 달려와 연신 고개를 숙였다.

"찻잔을 찾아 주셔서 정말 감사합니다. 이대로 저희 딸의 혼사가 어그러지는 건가…… 정말 걱정 많이 했습니다."

"찻잔을 찾아서 정말 다행입니다."

"그런데 그 찻잔이 거기에 있다는 건 어찌 아셨습니까?"

그 물음에 나는 미소 지으며 대답했다.

금령이 찾아 줬다고는 말할 수 없지.

"이미 많은 이들을 동원하여 찾았음에도 찾지 못한 상황입니다. 그렇다면 빤히 보이지만, 미처 생각하지 못한 장소가 아닐까 생각했습니다. 지붕 위나 땅속 같은 곳 말이죠."

"그렇죠."

"그리고 찻잔이 사라진 건 불과 한 시진도 안 되었다고 들었습니다. 그 말은 즉, 급박한 상황에서 누군가 그걸 훔쳐서 숨겼다는 겁니다."

전문적인 도둑의 가능성은 처음부터 제외했다.

더 값나가는 재물이 많은데, 찻잔만 훔칠 리 없으니까.

"지붕 위에 던지는 건, 여러모로 위험합니다. 만약에 회수해야 할 상황이 생겼을 때 회수하는 것도 어렵고, 원하는 위치에 숨길 수는 없으니까요. 그래서 땅 아래를 생각했습니다. 그러나 땅이 얼어 있다 보니 파기도 힘들고 판 흔적을 숨기기도 쉽지 않습니다."

나는 연못을 가리켰다.

"그때 연못이 떠올랐습니다. 이 시기에 연못은 구멍을 살짝 뚫어서 찻잔을 넣어 두면 흔적도 잘 보이지 않고, 조금 시간이 지나면 그 부분도 메워지죠."

"과연! 그렇군요!"

"하지만 그렇게 언 곳은 매끈하지 않다는 특징이 있습니다. 마침 그런 흔적이 보여서 연못을 뒤져 봤는데, 운 좋게 찾을 수 있었습니다."

나중에 연못을 살펴보니 정말 그런 흔적이 있었다.

"아무튼, 찾아서 다행입니다. 이는 분명 석 장주님의 따님을 생각하는 그 마음에 감동한 하늘이 저를 통해 찻잔을 찾은 것이 분명합니다."

"물론 하늘에 감사 드려야지요. 그래도 저희 가문의 입장에서는 은 소단주가 은인이라는 것 역시 틀림없는 일."

석 장주님이 정중히 고개를 숙였다.

"이 은혜 잊지 않겠습니다."

"은혜랄 것까지도 없습니다. 괜찮습니다."

"과연, 선협미랑이십니다."

윽!

저 별호는 도무지 적응이 안 되네.

나는 속으로 한숨을 내쉬며 조언을 건넸다.

"혹시 모르니, 찻잔은 혼례가 진행되는 동안 석 장주님 께서 지니고 계시는 것이 좋을 듯합니다."

"그리하겠습니다."

그렇게 석 장주는 잘 씻은 찻잔을 직접 자신의 품에 넣 고는 혼례가 이루어지는 곳으로 향했다.

"조교님."

뒤를 돌아보자, 석추길 관생이 내게 포권하며 감사를 표했다.

"찻잔을 찾아 주셔서 정말 감사합니다. 이 은혜, 잊지 않겠습니다."

음, 나를 바라보는 눈빛이 아까보다 더 강렬해진 것은, 내 착각일까?

드디어 혼례가 진행되었고, 석 장주님은 품속에 긴히 간직하고 있던 찻잔을 꺼냈다.

그 찻잔에 차를 따랐고, 신랑이 반을 마시고 나머지 반 을 신부가 마셨다.

차나무는 지조와 변하지 않는 마음을 뜻한다. 그리고 자녀의 복을 의미하며 서로를 예로 대한다는 것을 의미 하기도 한다.

그런 의미가 있기에 차를 나누어 마시는 것일 터.

이렇게 무사히 혼사가 진행되었으니, 이전 삶처럼 석가장의 가세가 기울지는 않겠지.

신랑 측이 제법 권세가 있는 집안이니만큼 혼인이 무사히 지속된다면 더 발전할 가능성도 크다.

우리 측에 우호적인 곳이니 나쁠 게 없지.

그나저나 찻잔은 찾았지만, 그 범인이 아직 잡히지 않은 상황이니만큼 완전히 이 일이 해결된 것은 아니다.

범인을 어디서 어떻게 찾아야 하나…….

그리 생각하며 혼례를 지켜보고 있을 때, 나는 온몸에 소름이 돋는 것을 느꼈다.

이건…… 살기?

나는 재빨리 호위 무사들에게 전음을 보냈다.

— 살기입니다!

내 전음에 호위 무사들이 움찔하더니, 곧 사방을 둘러보며 경계하기 시작했다.

하지만 내 주변에서 느껴지는 살기는 아니었다.

그럼 어디서 느껴지는 거지?

"우리 누님, 진짜 예쁘지 않습니까?"

석추길 관생의 말에 나는 고개를 돌려 신부를 보았다. 확실히 예쁘긴 하…….

이런!

그 살기는 내 주변이 아니라, 신부 쪽에서 느껴졌다.

신부가 살기를 내뿜을 리는 없고, 신부를 도와주는 두

명의 여인 중 하나같은데.

그때, 왼쪽에 있는 젊은 여인이 품에서 단검을 꺼냈다.

그러고는 신부의 목을 찌르려 했다.

"까아아악!"

"이런!"

이를 발견한 사람들이 놀라 소리를 질렀다.

탁─!

그 여인의 손에 암기가 박히며 단검이 떨어졌다.

이필 무사의 솜씨였다.

그리고 나는 재빨리 쇄도해 그녀를 제압했다.

"……."

갑자기 일어난 초유의 사태에 모두가 어벙한 얼굴이었다.

제압당한 여인만이 악귀처럼 소리를 지를 뿐.

"놔! 놓으라고! 낭군님의 신부는 나야! 낭군님! 어찌하여 저를 버리시나요?"

이에 사람들의 시선이 신랑에게 집중되었고, 신랑은 당황한 얼굴로 손을 내저었다.

"저, 저는 저 여인을 알지 못합니다."

한편 신부는 몸을 떨며 어찌할 바를 모르고 있었다.

"네, 네가 어찌, 어찌 나를……."

그때 정신을 차린 석 장주님이 소리쳤다.

"이런 괘씸한! 당장 저년을 포박하라!"

"네!"

곧 무사들이 달려왔고, 나에 의해 제압된 그녀를 포박하였다.

석 장주님이 내게 다가와 한숨을 내쉬었다.

"후, 죄송합니다. 이번에도 이렇게 도움을 받게 되었습니다."

"저는 괜찮습니다. 그리고 아무도 다치지 않았으니 다행입니다."

그리 말하며 무사들에 의해 끌려가는 여인을 보았다.

"저 여인은……?"

"본가의 하녀입니다. 그런데 대체 왜……."

석 장주님이 말끝을 흐렸고, 신랑이 다가와 말했다.

"장인어른, 저는 정말 모르는 여인입니다."

"……."

"저는 정말 억울합니다."

그때 간신히 마음을 추슬렀는지, 신부가 다가왔다.

"저는…… 저는 낭군님을 믿습니다."

그 말에 신랑의 눈동자에 물기가 차올랐고, 신부의 손을 잡았다.

"믿어 주어서 정말 고맙소. 부인."

신부는 아버지인 석 장주님에게 말했다.

"아버지, 저는 낭군님을 믿어요. 낭군님께서는 명예를 아는 분이세요. 그러니 스스로 명예를 무너트리는 행동은 하지 않으실 분이세요."

그녀는 그 앞에 무릎을 꿇었다.

"그러니, 성혼을 허락해 주세요."

그 모습에 신랑 역시 석 장주님 앞에 무릎을 꿇으며 말했다.

"성혼을 허락해 주십시오. 장인어른. 앞으로도 절대 명예를 더럽히는 짓은 하지 않을 것입니다."

사건이 사건이니만큼, 석 장주의 결정에 의해 혼인이 무효가 될 수 있었으니 두 사람이 이리 간청하는 것이다.

또한, 이는 신랑에게 추문이 될 수도 있는 일.

석 장주님은 고심하다가 나를 보셨다.

나는 기억을 더듬어 보고는 작게 고개를 끄덕였다.

이전 삶에서 저 신랑 되는 사람은 믿을 만한 사람이었다.

게다가 저렇게 서로를 사랑하고 신뢰하고 있다면 문제는 없을 터.

"장주님 뜻대로 하시지요."

결국 석 장주님은 고개를 끄덕이셨다.

"후, 성혼을 허락하지."

"감사합니다!"

"감사합니다. 장인어른."

.

.

.

신랑과 신부가 신방에 들어간 후에도 연회는 계속해서 이어졌다.

연회를 조용히 즐기고 있자니, 석 장주님께서 내게 다가오셨다.

"은 소단주."

"장주님 오셨습니까."

"내 딸의 목숨을 구해 주고, 무사히 혼인이 끝날 수 있게 해 줘서 정말로 고맙습니다."

"그냥 말을 놓으시지요. 제가 불편합니다."

"그럼 그리하겠네."

"별일 없어서 다행입니다."

석 장주님은 씁쓸한 표정을 지었다.

"아까 그 하녀를 심문했네. 마당을 걷다가 넘어진 그녀에게 사위가 괜찮으냐고 물으며 손수건을 건네주었다고 하네."

"네……."

"그 이후로 사위를 연모하게 되었다고 하네."

하아, 그러니까 혼자만의 짝사랑이 이렇게 사건을 키운 거라는 거지?

"혹시, 그 찻잔을 숨긴 것도……?"

"맞네. 그 하녀가 그리했다고 하네."

어찌 보면 안쓰러운 일이다. 그렇다고 해도 무고한 이를 해하려 했다는 것 자체가 이미 범죄다.

안쓰러워서 불문에 부치기에는 그 죄질이 너무 무겁고, 많은 사람들이 지켜본 일이다.

"내, 이 은혜는 결코 잊지 않겠네."

그리 말한 석 장주님은 내 옆의 석추길 관생을 보았다.

"학관에는 언제 돌아갈 생각인가?"

"석추길 관생이 원할 때 돌아가려 합니다."

내 말에 석추길 관생이 곧바로 대답했다.

"저는, 내일 아침에 돌아가겠습니다."

"그렇게 빨리 말이냐?"

"네."

석추길 관생이 고개를 끄덕이더니, 차분히 그 이유를 설명했다.

"소자, 이번 일로 깨달은 바가 많습니다. 학관 밖의 것들이 제 마음을 미혹하기 전에 돌아가고 싶습니다."

그 대답에 석 장주님은 감동한 표정을 지었다.

"추아가 이런 말을 할 줄이야!"

"정인학관의 교육 덕분입니다."

내 대답에 석 장주님은 결심한 듯 고개를 끄덕였다.

"돌아갈 때 쌀 백 석을 내어 줄 터이니 가지고 가게나."

"네?"

지금 흉년으로 인해 쌀값이 크게 오른 상황이다. 그런 상황에서 쌀 백 석의 가치는 컸다.

"아버지의 마음이네. 앞으로도 추아를 잘 부탁하네."

그렇다면 그 마음을 거절하는 건 도리가 아니지.

"감사히 받겠습니다. 관주님께서 기뻐하실 겁니다."

나는 포권하며 고개를 숙였다.

다음 날 아침.

석 장주는 정말 쌀 백 석을 내주었고, 우리의 여정을 위해 표국에 표행을 의뢰하였다.

덕분에 한결 편하게 정인학관으로 돌아갈 수 있었다.

나는 마차에 탄 채 맞은편에 앉아 있는 석추길 관생을 보며 생각에 잠겼다.

문득 유 총관이 가르치고 있는 석일송이 생각났기 때문이다.

이렇게 되면 석추길 관생은 내 이전 삶처럼 은해상단의 부관으로 일하는 미래는 없는 건가?

가문이 힘들어지지 않으면, 굳이 석추길 관생이 우리 상단에 와서 힘들게 일할 필요가 없으니까.

그때였다.

"은 조교님."

"……?"

내가 고개를 갸웃하자, 그가 수줍은 표정으로 말했다.

"질문이 있습니다."

"말씀하세요."

"은 조교님께서는 은해상단의 소단주시라고 들었습니다."

"맞습니다."

"그럼, 은 조교님 밑에서 일하려면 어떻게 해야 합니까?"

"네?"

뜻밖의 질문이었다.

"아무리 생각해 봐도, 은 조교님처럼 되려면 은 조교님 곁에 있어야 하는데 그 가장 좋은 방법은 은 조교님 밑에서 일하는 거라고 생각했습니다."

그 말에 나는 뭔가 쑥스러워져서 고개를 돌렸고, 팔갑과 눈이 마주쳤다.

'이번에는 또 무슨 짓을 하신 겁니까요?'와 같은 불손한 눈빛에 나는 헛기침을 했다.

"험험."

나는 억울하다고.

어쨌든 인재가 제 발로 들어온다는데 거절할 이유는 없다.

방금 했던 걱정은 할 필요가 없는 걱정이었다.

인재가 굴러들어오는 소리가 들리고 있었다.

70장. 일편단심

일편단심

　"그런데, 학관의 친우들에게 술과 연초를 사 간다고 말했던 것 같은데…… 구해 가지 않아도 되는 겁니까?"

　정인학관에 도착하기 전, 내가 그리 묻자 석추길 관생이 움찔했다.

　"어, 어찌 아셨습니까?"

　그야 다 들렸으니까. 하지만 나는 대답하지 않고 그저 빙긋 웃었다.

　석추길 관생은 작게 한숨을 내쉬었다.

　"조교님의 말씀대로입니다. 하지만 이제 더는 방탕하게 살지 않을 생각입니다."

　단단히 각오한 눈빛.

　그 눈빛이 향하는 곳이 나라는 것이 문제지만, 어쨌든 바르게 살게 되었으니 다행이다.

"하지만, 사방이 검은색인데 혼자 백색을 유지하는 건 힘들 겁니다."

"그렇겠죠. 하지만 이제 그 녀석들도 슬슬 정신을 차릴 때가 되었습니다."

그는 말을 이었다.

"벌점이 오백 점 이상이 되면 삼 년 차가 되어도 학관을 졸업하지 못하고 삼 년을 더 다녀야 하니까요."

아…….

그러고 보니 정인학관에는 벌점 제도라는 것이 있었다.

하여 벌점이 오백 점이 넘으면 졸업하지 못하고 사 년 차로 넘어가게 되는 것.

"저희 학관은 연차가 높아질수록 혜택이 늘어납니다. 하지만 반대로 사 년 차부터는 그것이 점점 줄어들죠."

"힘들겠군요."

"그래서 제가 알기로 육 년을 채우는 이들은 제법 되지만, 그 이상 넘어가는 이들은 거의 없다고 들었습니다."

하긴, 가진 것의 소중함을 깨닫게 하기 위해서는 그것을 뺏으라고 했다.

잔인한 짓이지만, 절실하게 깨닫게 하는 방법이다.

그래서 가졌던 것을 빼앗기게 되는 사 년 차부터는 이전 삶을 후회하며 졸업을 위해 정신 바짝 차리게 되는 거다.

"그래서 정신을 차리는 친우들을 하나하나 모을 겁니

다. 개인은 약하지만, 집단은 강합니다."

과연, 현명하고 좋은 방법이다.

특히 단체로 생활하는 이들 사이에서 집단의 힘은 생각보다 더 강하다.

이제야 슬슬 내가 알던 석 부관의 모습이 보이는 듯했다.

그때 밖에서 서우 무사의 목소리가 들렸다.

"주군, 곧 정인학관에 도착합니다."

"네."

.

.

.

약 일각 후.

우리는 정인학관에 도착했다. 나는 곧바로 들어가지 않고 진유 무사를 보내 잡화점 어르신을 모시고 오라고 했다.

곧 어르신이 학관 정문 앞으로 오셨다.

"무슨 일인데 나에게 오라 가라 하…… 헉!"

어르신은 깜짝 놀란 표정으로 나를 보셨다.

"저것들은 다 뭐냐?"

"쌀입니다."

"아, 아니, 내 말은 웬 쌀이냐는 말이다."

"그건 나중에 설명하겠습니다. 아무튼, 저희 무사히 귀환했습니다."

"그래."

"이 쌀을 보관할 창고를 안내해 주시죠. 가져다 놓겠습니다."

내 말에 어르신은 고개를 끄덕였다.

"이쪽이다."

어르신을 따라 학관의 미곡 창고를 가 보니…… 내가 잘못 본 게 아니지?

미곡이 바닥을 보이고 있었다.

재정 상황이 내 생각보다 훨씬 좋지 않은 듯했다. 그래도 이렇게 쌀 백 석이 들어왔으니 숨을 돌릴 수는 있겠지.

그렇게 쌀을 정리한 후, 표국 사람들에게 확인증을 주고는 돌려보냈다.

일을 마무리한 나는 잡화점 어르신이 계시는 관주님의 집무실로 향했다.

"저 들어갑니다."

"들어와라."

나는 문을 열고 안으로 들어갔다. 그리고 다탁 앞에 앉으며 말했다.

"차 안 주십니까?"

"안 그래도 주려고 했다."

어르신이 피식 웃고는 직접 차를 우려 내주셨다.

"그래, 저 쌀은 대체 어찌 된 일이냐? 그것도 백 석이나……."

"호북성 상현 석가장의 장주님께서 보내시는 기부 물품입니다."

나는 어르신에게 자초지종을 설명해 드렸다.

"하긴 그 집안이 좀 피곤할 정도로 규율을 중시하는 경향이 있긴 하지. 그나저나, 어딜 가든지 빈손으로 오지 않는다는 건 알지만, 이번에도 그럴 줄은 몰랐다."

"칭찬이라고 생각하겠습니다."

"그래그래."

"그런데, 관주님께서는 언제 오십니까? 이제 슬슬 오실 때가 되지 않았습니까?"

약속한 보름이 거의 다 되어 가니까.

내 물음에 잡화점 어르신이 고개를 끄덕이셨다.

"안 그래도 전서가 왔다. 집안의 일을 잘 마무리하고 돌아오는 중이라고. 아마 이삼일 내에 도착할 듯하다."

"그렇군요."

그럼 내 조교 생활도 이삼일 정도 남았다는 건가?

.

.

.

내가 정인학관으로 돌아온 지 이틀이 흘렀다.

석추길 관생이 걱정되어 그를 계속 주시했는데, 생각보다 훨씬 잘하고 있었다.

고작 이틀 만에 방탕한 생활에서 벗어나고자 하는 이들을 규합하여 새로운 패거리를 만들었다.

저 패거리에 속한 관생들에 대해서는 좀 알아봐야겠군.

이렇게 빨리 갱생할 정도면 우리 상단에서 써먹을 수 있을 테니 말이다.

아침을 먹은 후 내 기숙사로 향할 때 위 조교가 다가왔다.

"은 조교님."

"네."

"관주님께서 부르십니다."

관주 대리가 아니라 관주님이다. 그럼 돌아오셨다는 거구나.

나는 관주님의 집무실로 향했고, 문밖에서 안에 대고 말했다.

"관주님, 부르셨다고 들었습니다."

"들어오시게."

나는 문을 열고 안으로 들어갔다.

관주님의 눈에서 이전에 보였던 근심이 사라져 있었다.

가문에 일이 있어서 가신다고 했는데, 그 일이 잘 해결되었다는 의미다.

내 조언이 주효했나 보군. 다행이다.

"관주님을 뵙습니다."

"편히 앉으시게."

"네."

나는 다탁 앞에 앉으며 고개를 갸웃했다.

"어르신은 어디 가셨습니까?"

"그 녀석이라면 아까 학관을 떠났네."

"네? 벌써 말입니까?"

"전혀 몰랐나 보군. 나는 아는 줄 알았는데……."

"몰랐습니다."

너무하시네. 간다고 말이나 좀 하고 가시지.

내가 누구 때문에 조교 노릇을 하는 건데.

그렇게 속으로 투덜거리고 있자니, 관주님이 웃으며 말씀하셨다.

"자네가 이해해 주게나. 워낙 바람 같은 녀석이라서 말이지. 그래서 황제 폐하도 붙잡지 못한 녀석인데 누가 그녀석을 붙잡겠나."

"……."

"잠시 어디 볼일이 있어서 들렀다 간다고 하더군."

"그렇군요."

"그래. 오늘로 자네의 임시 조교 시간도 끝이군. 정말 수고 많았네."

"아닙니다. 덕분에 뜻깊은 시간이 되었습니다."

"그리고 상현 석가장에서 기부 물품이 들어왔다고 하던데."

"네. 맞습니다. 어르신께 사정은 들으셨습니까?"

"대충 들었네. 자네 덕분이라더군."

"……."

"고맙네."

관주님께서 미소를 지으며 그리 말씀하시더니, 서탁 위에 주머니 하나를 올려놓으셨다.

"가지고 가게. 보름 동안 애쓴 것에 대한 봉급이네."

"네? 이런 건 주시지 않아도 괜찮습니다. 대가를 바라고 한 건 아닙니다."

"그건 나도 아네. 하지만 받아주게나. 자네도 상인이니 알겠지만, 아무 대가 없이 일 시키는 것만큼이나 꼴사나운 것도 없지."

그리 말씀하시니 안 받을 수도 없네. 내가 일을 안 한 것도 아니고.

"감사히 받겠습니다."

나는 그걸 내 소매 안에 넣었다.

– 꾸잇?

돈주머니인 것을 알아차린 금령이 꾸이거렸다.

– 넘보지 마. 이거 네 거 아니야.

– 꾸이……

"그나저나 관생들에게 흑백무상이라 불린다지?"

"……"

내가 머쓱해 하자, 관주님이 웃으셨다.

"덕분에 많은 계도가 되었네. 그리고 이 년 차 관생들 사이에서 변화가 일어나고 있음도 보이고. 그 중심이 석추길 관생이더군."

역시 관주님이시다.

오늘 돌아오셨는데 벌써 상황을 파악하셨구나.

"이 학관의 교육 체계 덕분입니다."

"그리 말해 주니, 고맙군."

"그럼 이만 돌아가도 되겠습니까?"

내 물음에 관주님은 흔쾌히 고개를 끄덕이셨다.

"물론이지."

자리에서 일어나려다가 문득 이전에 생각했던 계획이 떠올랐다.

"아, 관주님. 전에 제가 말씀드린 후원의 대가에 대해서 기억하십니까?"

"물론 기억하고 있네."

"하여, 저희 상단에서 상단의 일을 가르칠 훈도를 보내고자 합니다. 괜찮겠습니까?"

"학관의 운영에 대해 참견하지만 않으면 상관없네."

"그럴 일은 없습니다."

나는 말을 이었다.

"제가 직접 조교를 해 보니, 관주님께서 왜 그리 말씀하시는지 알 것 같더군요."

"그리 말해 주니 고맙군."

"그럼 다음에 문서를 보내겠습니다."

"알겠네."

"그럼, 다음에 또 뵙겠습니다."

나는 정중하게 인사를 드린 후, 관주님 집무실에서 나왔다.

이제 드디어 집에 가는구나.

나는 팔갑에게 말했다.

"팔갑아, 짐 싸. 집으로 갈 거야."

"알겠습니다요!"

팔갑은 부리나케 짐을 챙겼는데, 생각보다 얼마 걸리지 않았다.

"어? 엄청 빠르네?"

"조만간 관주님께서 돌아오실 것 같아서 미리 짐을 챙겨 놨습니다요."

"그랬구나."

그렇게 우리는 기숙사를 나섰다.

그런 우리를 본 위 조교가 아쉬워하는 얼굴로 다가왔다.

"가시는 겁니까?"

"네. 애당초 보름 동안만 조교를 하기로 했으니까요."

내 대답에 위 조교는 포권하여 고개를 숙였다.

"그동안 수고 많으셨습니다. 그리고…… 그때, 은 소단주의 소단주 공표식 때…… 실례가 많았습니다."

"이미 잊었습니다."

그리고 미소를 지으며 말을 이었다.

"그럼, 수고하십시오. 조만간 또 뵙겠습니다."

사실 인사를 하고 싶은 이들이 몇몇 있었지만, 그보다 그냥 이렇게 아무 말 없이 떠나는 것이 더 나을 것 같다는 생각이 들었다.

그렇게 우리는 조용히 정인학관을 나섰다.

* * *

정인학관의 영세윤 관주는 창문을 통해 정문을 바라보았다.

막 은서호 일행이 정문을 넘어가고 있었다.

그는 가문으로 가기 전, 그의 친우가 했던 말을 떠올렸다.

"이번에 가문에 가거든…… 가보를 잘 지키게나."

"응? 갑자기 그게 무슨 말인가? 가보를 지키라니? 혹시 뭔가 들은 말이라도 있나?"

"나도 잘 모르네. 단지 그 녀석이 그리 말하더군."

"그 녀석이라면…… 혹시 은서호 소단주를 말함인가?"

그의 물음에 그의 친구는 고개를 끄덕였다.

"그 녀석은 결코 허튼 말은 하지 않는 놈이네. 그 녀석이 그리 말했다면 분명 이유가 있다는 거지. 그러니 내가 전한 말을 가볍게 생각하지 말게나."

"자네가 그렇게까지 말하는데, 내가 어찌 흘려듣겠나? 명심하도록 하지."

가문에 도착한 영세윤은 곧바로 회의에 참석했다.

그의 가문에 생긴 문제는 다름 아닌 새로운 소가주를 세우는 문제였다.

원래 소가주였던 자는 가주가 될 자격이 없다고 중진들이 의견을 모았기 때문이다.

그 와중에도 영세윤은 신경을 곤두세운 채 가보를 경계했다.

덕분에 자리에서 쫓겨나게 될 소가주가 이에 앙심을 품고 가보를 훔치려고 하는 것을 알게 되었다.

강주 영씨 가문의 가보는 검.

사악한 검을 물리친다는 신병이기 중 하나이지만, 그보다 가문을 상징한다는 의미가 더 컸다.

만약 그게 악용되었다고 생각하면, 아찔했다.

'은 소단주가 우리 가문을 살린 거지.'

이를 어찌 알았느냐고 은서호를 추궁할 수도 있었다. 하지만 그는 가문의 은인을 그런 식으로 대하고 싶지 않았기에 아무것도 묻지 않았다.

'잘 가시게. 그리고 조만간 또 만나도록 하세.'

* * *

"드디어 집이네요."

내 말에 팔갑이 물었다.

"그렇게 좋으십니까?"

"당연히 좋지. 너는 집에 왔는데 안 좋아?"

"저도 물론 좋습니다요."

내 생일 때 팽강운 소단주와 함께 북경으로 향했고, 그 후로 한 달 넘게 걸린 여정이었다.

벌써 일월이니까.

그래도 일월이 되기 전에 호북성에 와서 다행이다. 일월의 북경은 겁나게 춥거든.

나는 은해상단의 차장으로 향했다.

미리 전갈을 보내지 않아서 마중 나온 사람들은 없었다.

하지만 상관없다. 그냥 집에 온 것만으로도 좋으니까.

"헉! 소단주님 오셨습니까?"

"네. 오랜만이에요. 별일은 없었죠?"

"평온합니다."

우리는 말고삐를 차장의 하인들에게 맡기고는 내 별당인 문곡당으로 향했다.

그리고 깨끗하게 씻고 의관을 정제한 후, 아버지께 향했다.

"어서 오너라."

마침 아버지는 집무실에 계셨다.

"소자, 무사히 다녀왔습니다."

"그래, 수고 많았다."

아버지는 흐뭇한 미소를 지으며 말씀을 이으셨다.

"우선 송록 시인은 만나 봤다. 그의 진가는 유 내총관이 알아보더구나."

역시 내 예상대로다.

"그리고 그의 입을 통해 추일공에 대해서도 들었다. 참으로 파렴치한 자였더구나."

"맞습니다. 그래서 이번 기회에 제대로 처리했습니다."

"잘했다. 덕분에 유 내총관이 자신감을 완전히 되찾은 것 같더구나. 고맙다."

"그냥 저도 그자가 마음에 들지 않았을 뿐입니다."

아버지는 너털웃음을 지으셨다.

"너라면 그리 말할 줄 알았다. 아, 그리고 송록 시인의 가족은 우선 상단 내의 객사에 머물도록 했다."

"알겠습니다."

"그건 그렇고, 팽 소협에 대한 일은 어찌 되었느냐?"

아버지의 물음에 나는 자초지종을 설명했다.

"팽 소협이 소가주가 되었다니! 그건 그렇고 그 와중에 별일 없어서 다행이구나."

그 밖에도 이런저런 것들에 대해서 말씀을 드렸다.

아버지 선에서 결정 가능한 건 아버지가 결정하시기로 했고, 나머지는 은월회에서 결정하기로 했다.

"아, 그건 그렇고 이번 동지 때 우리 상단의 순위가 삼십오 위가 되었다."

저번이 사십 위였으니 순위가 오른 거다.

"기쁜 소식이네요."

천하제일 상단까지 한 걸음 더 다가섰다.

아버지 앞에서 물러난 나는 조부님과 어머니를 뵙고 인사를 드렸다.

그리고 정호 형에게 가던 도중, 송록 시인의 모습을 보았다.

"어, 송……."

하지만 그가 누군가와 함께 걷고 있어서 부르려다가 멈췄다.

누구지?

자세히 보니 유 내총관이다.

시문을 통해 친해진 모양이네. 그런데…… 그들을 바라보는 누군가의 시선이 느껴졌다.

고개를 돌려보니, 조영영 부관이다.

아직 유 내총관을 마음에 품고 있나 보네.

그나저나 유 내총관도 이제 결코 젊은 나이가 아닌데, 왜 혼인을 하지 않는 거지.

무슨 이유라도 있는 건가?

그 사정이 궁금했지만, 그건 사생활이다.

그렇기에 그냥 그러려니 하려고 했지만…… 유 내총관을 바라보는 조영영 부관의 눈빛을 보니…….

에휴.

잠깐, 그러고 보니 유 내총관이 아버지 밑에서 일하게 된 이유가 곤란에 빠진 유 내총관을 아버지가 구명해 주었기 때문이라고 했었는데.

그만큼 오래 알고 지내셨으니 혹시 아버지는 그 이유를
알고 계시지 않을까?

일단 지금은 바쁘실 테니, 나중에 여쭤봐야지.

"정호 형에게 가자."

나는 정호 형의 집무실로 향했다.

정호 형은 지금 비단을 비롯해 포목 부분을 담당하고
있다.

그곳은 은해상단에서 가장 바쁜 곳 중 하나다.

특히나 매서운 추위 때문에 짐승 가죽이 무척 잘 팔리
면서 원래도 바쁜 곳이 더더욱 바빠졌다.

정호 형의 집무실에 도착하자, 결재를 맡기 위해 기다
리고 있는 이들이 하나, 둘, 셋……

많네.

나는 망설임 없이 발길을 돌렸다.

결재를 기다리고 있는 자들을 제치고 들어가는 것은 가
능하다.

하지만 그렇게 되면 일 처리가 늦어지면서 저들이 힘들
게 되고, 상단에도 피해가 간다.

그러면 안 되지.

나는 생각을 바꿔 연무장으로 향했다.

진호 형은 어차피 연무장에 있을 테니까.

곧 연무장에 당도했다.

그런데…….

많이 낯이 익은 이들이 땀을 뻘뻘 흘리며 연무장을 달리고 있었다.

북경에서 일을 게을리해서 나에게 벌을 받았던 그 무사들인데?

팔과 다리에는 자체적으로 만든 듯한 쇳덩이를 달고 있었다.

분명 북경에서 은해상단 본단으로 출발하면서 내가 저들에게 내린 벌은 끝났다.

그런데 왜 아직까지도 계속 저러고 있는 거야?

게다가 그들뿐만이 아니라 다른 무사들도 그들처럼 몸에 쇳덩이를 달고 연무장을 달리고 있었다.

"상단이 발전하고 있는데, 우리 은풍대만 뒤처질 수는 없지!"

"그렇지!"

"옳소!"

"제자리에 멈추어서는 도태될 뿐! 도태되지 않으려면 끊임없는 훈련뿐이다!"

그 대화를 들으며 나는 눈을 끔뻑였다.

내가 도주한 다섯 무사에게 했던 말이 제법 인상 깊었나 보네.

뭐, 그리고 내가 한 말이 사탕발림 같은 건 아니다. 실제로 은해상단의 힘은 은풍대니까.

솔직히 저들에게 기대는 하지 않았는데, 이렇게 움직이는 것을 보니 뭔가 기분이 이상했다.

"역시 주군이십니다."

그 모습을 보며 서우 무사가 흐뭇한 미소를 지었다.

"주군께서 저들을 감화시켜 변화를 이끌어 내셨군요."

"의도한 건 아니었습니다."

"그러니까 주군께서 대단하시다는 겁니다."

"……."

뭔가 쑥스러웠다.

저기 근데…… 진호 형.

형은 왜 거기 끼어 있는 거야? 그 무사들하고 연무장을 돌 수준이 아니잖아.

그때 나에게 누군가 다가왔다.

"셋째 소단주님 오셨군요."

"아! 외총관님을 뵙습니다."

"언제 본단에 오셨습니까?"

"방금 왔습니다."

외총관은 연무장을 달리는 이들을 일별하고는 나에게 말했다.

"사실, 저들에게 선택지를 주었습니다. 은풍대에서 짐을 싸서 나가든지, 아니면 삼 년 동안 절반의 감봉처분을 받아들이든지요."

외총관은 생각보다 중벌을 내렸다.

"저들은 후자를 선택했습니다."

"그렇군요."

"저들이 그러더군요. 자신들이 어리석었다고요. 천하 제일상단을 바라보는 은해상단을 지키는 은풍대의 일원으로서 안일했음을 셋째 소단주님 덕분에 깨달았다고요."

"……."

"그러더니 본단에 돌아온 날부터 저 수련을 하루도 빼먹지 않았습니다. 처음에는 다들 그러려니 했죠. 그런데 얼마 전에 있던 정기 비무 때의 결과에 모두 놀랐습니다."

은풍대는 보름마다 정기 비무가 있다.

정기적으로 비무를 하여 그 수준을 파악하는 거다.

"그리고 은풍대 전체에 긴장감이 돌기 시작했습니다."

나는 살짝 미소 지었다.

어찌 된 일인지 그 전모를 알게 되었기 때문이다.

"안 그래도 요즘 은풍대의 기강이 느슨해진 것 같아서 집합 한 번 시키려고 했는데 셋째 소단주님 덕분에 수고를 덜었습니다."

"하하하. 쑥스럽네요."

"그리고, 얼마 전에 명종 무사와 창운 무사의 훈련이 끝났습니다."

"고생 많으셨습니다."

"뭘요. 오랜만에 열정 가득한 젊은이들을 마주할 수 있어서 즐거웠습니다."

- 그리고 일전에 말씀해 주신 일에 대해 알아보았고, 물을 흐리게 했던 놈을 처리했습니다.

그 전음에 나는 고개를 끄덕였다.

잠시 후.

훈련을 마친 진호 형에게 다가가며 손을 흔들었다.

"형!"

"어? 언제 왔냐?"

"아까. 얼굴 봤으니까 나 간다."

"버, 벌써?"

그리고 아까 연무장을 달리는 것을 보니, 진호 형은 아주 쌩쌩했다.

그러니 안심하고 가 봐도 되겠지.

"나 바빠. 정호 형도 봐야 하고 또 형수님들이랑 건혁이랑 보연이도 봐야 하고…….."

"건혁이랑 보연이가 진짜 목적인 것 같은데?"

"……설마. 하하하."

"대답이 살짝 늦었다?"

생각보다 예리하네.

그렇게 진호 형과 이런저런 이야기를 나누고는 다시 정호 형의 집무실로 향했다.

마침 문 앞에 아무도 없었다. 내가 다가가자 호위가 안에 고했다.

"셋째 소단주님 오셨습니다."

"어서 들어와!"

문이 열리고 나는 집무실 안으로 들어갔다. 그리고 정호 형의 얼굴을 보는 순간…….

"형, 대체 며칠이나 못 잔 거야?"

눈 밑이 시커먼 것이 못해도 사흘은 제대로 못잔 것이 분명했다.

"형수님이 걱정하시겠다."

"내가 밤을 새우고 싶어서 새우겠냐?"

형은 한숨을 내쉬며 말을 이었다.

"이게 다 너 때문이잖아."

"나?"

"응. 너."

형은 고개를 끄덕였다.

"조만간 금주령이 내려질 건 확실해. 그러니까 그 전에 어디에 어떤 주조 장인이 있는지를 파악해서 포섭할 자를 선별하는 거. 그게 누구의 일이겠냐?"

"나?"

"응. 너."

형은 한숨을 내쉬며 말을 이었다.

"하지만 너는 일이 있어서 늦게 오게 되었지. 그럼 누가 그 일을 대신 하겠냐?"

아…….

갑자기 양심이 콕콕 찔려왔다.

하지만 나도 사정은 있었다.

"미안하긴 한데 형, 나도 어쩔 수 없었다고. 갑자기 잡화점 어르신이 조교 일을 맡겼으니까. 그렇다고 그걸 거절할 수도 없고……."

"그걸 아니까 그냥 온 거지. 아니었으면 내가 너 묶어서 끌고 왔다."

"하하하."

정호 형은 피식 웃고는 서랍을 열더니, 주머니 하나를 꺼내 내게 던졌다.

팁!

나는 그걸 받으며 고개를 갸웃했다.

"어? 이거 뭐야?"

"네 생일 선물이다. 너라면 여기로 올 거라고 생각해서 이곳에 보관하고 있었지."

"열어 봐도 돼?"

정호 형은 고개를 끄덕였고, 나는 주머니를 열었다.

그 안에 들어 있던 것은 허리띠 장식.

"너에게 잘 어울릴 것 같아서."

"어…… 고마워."

금장식에다가 홍옥이 박힌 것을 보니 제법 값이 나갈 것 같은데.

"감동 다 했냐?"

"어?"

"그럼, 일해라. 나 부인이랑 애들 얼굴 좀 보자."

.

.

.

아, 힘들다.

정호 형에게 일거리를 넘겨받은 나는 즉시 현풍국으로 향했다.

그리고 종일 일을 하다가 저녁을 먹을 때가 되어서야 별당으로 돌아올 수 있었다.

"오셨습니까요?"

"응."

팔갑이 나를 맞아 주었다.

나는 내 별당 옆을 보았다. 아까는 급하게 씻고 조부님과 부모님께 인사드리러 가느라 신경 쓰지 못했었는데 별당 옆에는 떡하니 건물 하나가 세워져 있었다.

내 호위대의 숙소다.

그러고 보니 완공되었다고 했었지.

애초에 규모도 그리 크지 않았고, 흉년이다 보니 구할 수 있는 인력이 넘쳐 난 덕분에 빨리 완공할 수 있었다.

내가 일전에 말해 놓은 대로 명종 무사와 창운 무사가 저기에 머물고 있다고 들었다.

오랜만에 만나는 건데, 그래도 같이 밥을 먹어야지.

같이 밥을 먹어야 빨리 친해지니까.

"팔갑아. 새로 지어진 숙소 구경하러 가자."

잠시 후.

나는 새로 지어진 숙소 앞에 서 있었다.

소단주가 개인적으로 둘 수 있는 호위의 수는 사실 딱히 제한이 없었다.

하지만 개인 호위대를 두기 위해서는 상단주의 허락이 있어야 했으며, 그 운용을 위한 비용은 본인이 부담해야 한다.

그렇기에 보통은 열 명 남짓하게 구성하는 편이다.

하지만 나는 그 이상을 원했다.

이전 삶에서 무림맹과 백천상단에게 개죽음을 당하고 나서야 깨달았으니까.

그들을 무너뜨리기 위해서는 강한 무사들이 많아야 한다는 것을.

그래서 이번에는 오십 명 이상이 지내도 넉넉할 정도로 크게 만들었다.

이 숙소에서 일하는 하인에게 전갈을 받았는지 명종 무사와 창운 무사가 숙소에서 나와, 얼른 나에게 포권했다.

"주군을 뵙습니다."

"주군을 뵙습니다."

"오랜만이네요. 다들 잘 지내셨죠?"

그들의 눈빛은 이전보다 한결 진중해졌고, 날카롭게 벼려져 있었다.

아…… 외총관님.

대체 얼마나 많이 굴리셨기에 십 년은 전장에서 구른 모습이 된 겁니까?

어쨌든, 나에게는 좋은 일이다.

"새 숙소를 구경하러 왔습니다. 안내 부탁드려도 될까요?"

두 무사가 눈빛을 교환하더니, 화산파의 명종 무사가 나섰다.

"그리하겠습니다."

숙소는 총 오 층으로 이루어져 있고, 한 층에 열여섯 명 정도가 머물 수 있다고 한다.

"일 층은 식당이군요."

"네. 객잔을 본떠서 만들었다고 합니다. 아무래도 모두가 모일 공간도 필요하니 말입니다."

"씻는 건 어디서 씻습니까?"

"뒤쪽의 공동욕실에서 씻으면 됩니다."

방은 이 층부터 있었는데, 방을 열어 보니 텅 비어 있었다.

하긴, 벌써부터 침상을 가져다 놓을 필요는 없지.

"저희 방을 보여 드리겠습니다."

계단에서 두 번째 방의 문을 열자, 양옆에 침상 두 개와 작은 농이 놓여 있었다.

가운데에는 다탁까지 있었다.

그리고 무척 깔끔했다. 먼지 하나 찾기 힘들 정도로.

"엄청 깨끗하네요."

"아, 청소를 좀 했습니다."

명종 무사의 말에 창운 무사가 말을 이었다.

"저희가 어릴 때부터 청소하는 것이 몸에 배어 있습니다. 문파에서 머물면서 문파의 모든 건물을 청소하는 건 제자들의 몫이라서……."

"좋은 습관입니다."

내 말에 그들의 얼굴이 밝아졌다. 내 칭찬이 그렇게 좋은 건가?

"구경은 이쯤 하면 되었고, 오늘 저녁은 함께 먹으려고 합니다. 괜찮겠습니까?"

"물론입니다."

잠시 후.

숙소의 일 층에 상이 차려졌다.

밖에 나가서 먹을까 생각도 했지만, 오늘 내 호위 체계에 대해 논의도 해야 했기에 이곳에서 식사를 하기로 했다.

그런 정보를 함부로 바깥에서 이야기할 수는 없지.

오늘 저녁을 위해서 내 별당의 하녀가 수고해 주었다. 제법 음식 솜씨가 좋아서 짧은 시간 안에 제법 그럴 듯한 요리들이 완성되었다.

하여 고추잡채와 고기튀김에 누룽지 요리까지 식탁 위에 올라왔다.

상여금 좀 줘야겠네.

"이렇게 모두 모여 저녁을 먹으니 기분이 좋네요. 모두 맛있게 드십시오."

"감사히 잘 먹겠습니다."

내가 음식을 먹기 시작하자 여섯 명의 무사와 팔갑도 음식을 먹기 시작했다.

그렇게 어느 정도 배가 찼을 때.

나는 젓가락을 내려놓으며 오늘의 본론을 꺼냈다.

"내일부터 호위 체계를 변경하려고 합니다. 기존에는 네 명이었기에 네 시진마다 교대해야 했는데, 두 명이 더 늘어난 만큼 이제는 네 시진 근무하고 여덟 시진을 쉬면 됩니다."

"이 교대에서 삼 교대가 된 거군요."

"맞습니다. 그리고 조는 제비로 뽑도록 하죠."

나는 팔갑에게 말했다.

"팔갑아. 제비 좀 만들어 줄래?"

"알겠습니다요."

잠시 후 팔갑은 제비를 만들어 왔고, 여섯 명의 무사들은 제비를 뽑았다.

서우 무사와 명종 무사.

진유 무사와 창운 무사.

여웅암 무사와 이필 무사.

이렇게 같은 조가 되었다.

"아, 참고로 한 달에 한 번씩 다시 제비를 뽑겠습니다. 이렇게 여기서 저녁을 먹으면서요."

"알겠습니다."

"그럼, 어느 조가 먼저 근무하실래요?"

내 물음에 여응암 무사가 손을 들었다.

"저희 먼저 근무하겠습니다. 아무래도 명종 무사와 창운 무사는 설명을 들어야 할 것이 있을 테니까요."

역시 여응암 무사다. 가장 경력이 오래되어서 그런지 나도 생각하지 못한 혜안을 보이곤 했으니까.

.

.

.

밤이 되었다.

나는 아버지의 집무실로 향했다. 팔갑을 보내서 오늘 저녁을 먹은 후 잠시 만날 것을 청했기 때문이다.

그런데⋯⋯.

"상단주님께서 후원으로 오시라고 합니다."

아버지의 시종이 그리 전해 주었고, 나는 후원으로 향했다.

"왔느냐? 네가 저녁에 긴히 만나자고 하는 것을 보니, 뭔가 민감한 이야기가 오갈 것 같아서 말이지."

"⋯⋯."

역시 아버지.

나는 정자로 올라갔고, 아버지는 나에게 자리를 권하셨다.

이미 차까지 준비되어 있었다.

차를 한 모금 마시고, 아버지가 먼저 입을 여셨다.

"그래, 무슨 이야기를 하려고 그러느냐?"

"사실, 이건 좀 실례되는 이야기일 수도 있습니다."

"뭔데 그러느냐?"

"유 내총관에 대한 이야기입니다."

"……?"

나는 말을 이었다.

"유 내총관은 왜 혼인을 하지 않는 겁니까?"

내 질문에 아버지께서 이내 한숨을 내쉬셨다.

분명히 뭔가 이유가 있다.

아버지는 잠시 고민하다가 내게 물으셨다.

"갑자기 그건 왜 묻는 것이냐?"

"조영영 부관 때문입니다."

"……."

아버지의 표정을 보니, 이미 아버지도 조영영 부관의 마음에 대해 아시는 듯했다.

"제가 알기로 조영영 부관이 유 내총관에게 마음을 품은 지 벌써 오 년이 넘었습니다. 그리고 조영영 부관은 계속해서 집안의 중매를 거부하고 있다고 들었습니다."

나는 말을 이었다.

"유 내총관은 이미 혼기를 놓쳤다 해도, 이대로는 조영영 부관까지 혼기를 놓칠까 걱정됩니다. 저도 제가 오지랖이 넓다고 생각하지만…… 조영영 부관의 집안은 저희 상단의 오랜 가신 가문이 아닙니까? 이 일로 인해 괜히 원망을 품을 수도 있습니다."

"그렇긴 하지."

"그래서 이제는 결론을 내야 할 것 같습니다. 두 사람이 부부의 연을 맺으면 좋겠지만, 그게 안 된다면 조영영 부관의 마음을 정리하게 해야 할 듯합니다."

내 말에 아버지가 물으셨다.

"그래서 유 내총관이 혼인하지 않는 이유를 물어본 것이냐? 그 이유를 조영영 부관에게 알려 주려고?"

"왜 알려 줍니까?"

"응?"

"제가 오랜 세월을 살아 본 건 아닙니다만……."

실제로는 마흔 살 가까이 살았었지만.

"연모의 감정에 빠진 자에게는 그 어떤 이유도 넘어야 할 시련으로밖에 보이지 않습니다. 상대방을 연모하면 그 방귀 냄새도 향기롭다는 말이 왜 있겠습니까?"

"그렇긴 하지."

"만약 그 이유가 타당하다면, 제가 알아서 그 마음을 단념시키겠습니다."

잠시 생각하시던 아버지께서는 고개를 끄덕이셨다.

"사실 나도 조 부관을 볼 때마다 안타깝던 참이었다."

"……."

"내가 젊었을 때의 일이다. 당시 나는 막 상단주가 된 참이었고, 백대 상단의 회합 때문에 북경에 갔었지. 그때 회합 장소가 북경이었거든."

나는 아버지의 말에 귀를 기울였다.

"회합이 끝나고, 북경에 온 김에 북경을 둘러보던 중에 큰 소란이 벌어진 것을 보게 되었다. 당시 유 내총관은 신부를 죽였다는 모함을 받고 있었지."

"⋯⋯."

* * *

유소악은 자신의 집무실 서탁에서 잠시 물러나 창문으로 향했다.

창문을 열자, 찬 겨울바람이 들어왔다.

그때 문밖에서 호위의 목소리가 들렸다.

"내총관님, 조 부관이 간식을 가지고 왔습니다."

문이 열리고 호위가 들어오더니, 다탁 위에 접시를 올려놓았다.

"오늘은 잣 과자네요. 맛있게 드십시오."

호위가 나가고, 유소악은 과자를 바라보았다.

잣을 붙여서 예쁘게 장식한 과자에 유소악은 입술을 깨물었다.

한 오육 년 전부터 조영영은 꾸준히 밤에 잔업을 하는 자신을 위해 간식을 챙겨 주곤 했다.

이제는 안다.

그게 단순히 호의가 아닌, 자신을 마음에 두고 있다는 의미인 것을.

그는 자신을 찾아오는 인연을 받아들일 수 없었다. 여전히 그때의 기억을 잊지 못하고 있으니까.

그러니 조영영의 마음을 단호하게 거부해야 했다. 그리고 사실 지금까지 몇 번이나 말하려고 했다.

하지만…….

조영영의 크고 맑은 눈동자를 보니 차마 입이 떨어지지 않았다.

그 큰 눈에 눈물이 맺히는 것이 두려워서.

그러고 보니 그때도 지금처럼 눈이 오는 겨울이었다.

유소악은 상관의 중매로 한 여인을 만났고, 혼인을 치르게 되었다.

으레 그렇듯 잘 모르는 여인과의 혼례지만, 같이 살을 부대끼며 살다 보면 정이 들겠거니 생각했다.

그렇게 혼롓날이 되었다.

떠들썩한 연회가 이어지고, 하객들에게 인사도 하는 등 분주한 시간을 보냈다.

그리고 드디어 신방에 들어갔다.

서로 민망했지만, 그래도 술이 한두 잔 들어가니 용기가 생겼다.

그래서 신부에게 자신이 간직하고 있던 가락지를 내밀었다.

"이건 어머니의 가락지입니다. 어머니께서 반려가 생기면 주라고 하셨지요. 받아 주시겠습니까?"

"네."

신부는 붉어진 얼굴로 손을 내밀었고, 그는 그녀의 손가락에 가락지를 끼워 주었다.

그리고 둘은 함께 밤을 보냈다.

다음 날 잠에서 깬 유소악은…….

"흐억!"

이미 싸늘한 시신이 되어 버린 신부를 발견했다. 흉기에 목이 찔린, 피가 낭자한 끔찍한 모습으로.

유소악 역시 피 칠갑을 하고 있었기에 당연히 그가 범인으로 지목되었다.

그렇게 현청으로 끌려갔고, 온갖 고신을 당하며 자백을 강요받았다.

자신은 정말 결백했다.

하지만 계속해서 심문을 받다보니 점점 스스로를 의심하게 되었다.

몸도 마음도 지쳐 갔으니까.

이대로 자신이 죽는 건 억울하지 않았다.

하지만 자신으로 인해 가문에 누를 끼치는 게 죄송했고, 진범을 잡지 못하는 것에 대해 신부에게 미안했다.

그런 마음 뒤에는, 절망이 있었다.

그 누구도 자신을 믿어 주지 않았으니까. 아니, 이게 기회라는 듯이 자신에 대한 힐난을 퍼부었으니까.

유소악에게는 그게 더 상처가 되었다.

그렇게 얼마나 시간이 흘렀을까?

"이보시게. 정신 차려 보게나!"

"……?"

혼미해진 정신을 부여잡고 눈을 떠 보니, 포졸이 웃으

며 말했다.

"자네의 무죄가 밝혀졌네."

"네?"

"진범이 잡혔다네!"

대체 이게 꿈인지 생시인지 알 수 없었다.

그가 눈을 끔뻑이며 힘겹게 현청 마당에 섰을 때, 한 사내가 그에게 다가왔다.

그의 이름은 은길상.

은해상단의 상단주이자, 그의 억울함을 밝혀 준 은인이 었다.

* * *

"그런 일이 있었군요."

아버지는 복잡한 표정으로 고개를 끄덕이셨다.

"하지만 그때는 그 일을 보고도 그러려니 하며 패물점으로 향했다. 그리고 마침 내가 갔던 패물점에서 가락지를 팔려는 사내를 본 것이 운명이었던 거지."

아버지는 말을 이으셨다.

"그 주인이 그 가락지를 감정하기 어려워하는 것 같아서 내가 도와주겠다고 했지. 그 주인과 잘 아는 사이였기도 하고."

우리 상단에서 주력까지는 아니더라도 꽤 비중 있게 다루는 품목 중 하나가 그런 패물들이니까.

"하여 그 가락지를 감정하는데, 뭔가 이상한 것을 발견했지. 미처 닦지 못한 핏자국이었다. 제법 복잡한 세공이라서 말라붙은 핏자국을 완벽하게 지우지 못한 거야. 그것도 오래된 핏자국이 아닌 최근에 묻은 핏자국이었다. 본능적으로 뭔가 이상함을 느낀 나는 그자의 인적 사항을 알아내었다."

그리고 최근에 근방에서 일어난 살인 사건이 유 내총관이 범인으로 몰린 사건이라는 것을 알게 되었다는 것.

"하여 그 가락지를 유 내총관의 가족들에게 보여 주었고, 그게 유 내총관의 어머니의 유품임을 확인했지."

"그렇게 사건의 진상을 밝혀내신 거군요."

내 말에 아버지는 고개를 끄덕이셨다.

"범인은 그 신부와 만나던 남자였다. 그 신부가 자신을 버리고 가문에서 정해 준 남자와 혼인을 하게 되자, 그 남자가 몰래 신방에 들어가 신부에게 도망치자고 권유했는데……."

"신부가 거절했군요."

"그래. 별 볼 일 없는 남자보다는 과거에 급제하여 승승장구하고 있는 남자가 훨씬 나으니까. 현실적으로 생각을 한 거지. 이에 분노한 남자가 방을 나갔다가 다시 식칼을 들고 와서 신부를 죽인 거고."

"……."

"그 와중에 신부의 손에 끼워져 있던 가락지가 눈에 들어왔다고 하더구나."

유소악 내총관을 구한 건 아버지지만, 내총관의 어머니의 은혜가 있었구나.

그 가락지가 아니었다면 증거를 찾기 힘들었을 테니까.

"그렇게 풀려나고 난 뒤, 유 내총관이 미래를 고민하기에 지나가는 말로 우리 상단에서 일해 보는 게 어떻겠냐고 했는데……."

"대어가 덥석 물은 거군요."

"대어라…… 그래, 따지고 보면 그 말이 맞구나. 아무튼 유 내총관이 그 후로 여자를 만나지 않은 건 아니다. 몇 번 혼인을 위해 여자를 만났는데, 계속 포기했단다. 아마 그럴 때마다 죽은 신부의 모습이 떠올라서 힘든 게 아닐까 싶다."

나는 유 내총관이 북경에 가는 것을 유독 꺼리는 이유를 알 것 같았다.

북경에 가면, 당시의 기억과 마주하게 되니까.

그리고 미친 듯이 일만 하는 이유도 알 것 같았다. 그때의 기억에서 벗어나기 위함이었다.

아이고, 우리 유 내총관에게 그런 사연이 있었구나.

안쓰러운 마음이 생기기 시작했다.

"그래서 유 내총관은 아직 혼인을 하지 못하고 있는 거지. 아니…… 엄밀히 말하면 재혼을 하지 못하고 있는 거구나. 비록 하룻밤 인연이었지만 혼인은 했었으니까."

"그런데 조영영 부관은 유 내총관이 한 번 혼인했었음

을 알고 있을까요?"

"알고 있지 않을까? 그 아이, 생각보다 능력이 좋으니 말이다."

그렇다면 여기서 생각해 봐야 할 점이 있었다.

그건, 조영영 부관이 유소악 내총관을 마음에 두고 있는 것이 단순히 그런 사연에 대한 연민 때문인지 아니면 그냥 유소악이라는 사람 자체에 대한 연모인지 말이다.

가끔 연민과 연모를 착각하는 사람도 있으니까.

"그런데 말이다. 서호야."

"네. 아버지."

"너는 아직 혼인할 생각이 없는 것이냐?"

"……."

* * *

아버지와 대화를 나누고 며칠 후.

제국 전역에 방이 붙었다.

금주령이 내려진 것이다.

흉년으로 인해 유리걸식하는 이들이 생기고 있으니, 황제로서는 당연한 조치였다.

은월각으로 향해 내 자리에 앉아 있자니, 세풍각의 적각주님이 들어오셨다.

"일찍 오셨군요."

"네. 적 각주님 오셨습니까?"

내 인사에 그는 고개를 끄덕였다. 이제 나이가 많으셔서 슬슬 물러나는 것을 염두에 두고 계시다는데······.

내 입장에서는 적 각주님이 오래 계셔 주시는 편이 좋다.

이전 삶에서는 내가 스물다섯 살이 되었을 때 물러나셨다.

"셋째 소단주님."

"네. 말씀하십시오."

"이 늙은이가 부탁할 게 있습니다."

응? 적 각주님이 내게 부탁이라고?

한 번도 없던 일이었기에 대체 무슨 일인가 싶었다.

"이번에 술을 빚는 이들을 저희 은해상단 쪽에서 포섭할 예정이라고 들었습니다."

"맞습니다."

정확히는 예정이 아니라 이미 진행 중이고.

"그들 중에 숭양현 북쪽에 백로주라는 것을 만드는 곳이 있습니다."

적 각주님이 말을 이었다.

"그들도 조사 대상에 넣어 주십시오."

"네?"

나는 솔직히 포섭 대상에 넣어 달라고 할 줄 알았다. 그런데 조사 대상에 넣어 달라니.

"그것만으로 충분한 겁니까?"

"네."

적 각주님은 고개를 끄덕였다.

"사실 그곳은 저에게 개인적으로 각별한 곳입니다. 우연히 친우가 된 자의 주도가니까요. 하지만 그렇다고 제 사사로운 감정으로 결과를 좌우할 수는 없지 않습니까?"

"……."

"물론 그곳의 술은 참으로 좋습니다. 백로주라는 이름이 공연히 붙은 건 아니니까요."

"자신이 있으시다는 거군요."

"물론입니다. 제가 술에 대해서도 나름 조예가 깊다고 생각하거든요. 하하하하."

그 말에 나 역시 웃었지만, 그 말을 농담이라고 생각했기 때문은 아니다.

적 각주님은 정말 술에 대해서 잘 아셨으니까.

"다만, 그곳은 산속에 처박혀 있어서 웬만한 이들은 잘 알지 못합니다. 그렇기에…… 혹시 명단에서 빠질까 걱정되어서 이리 청하는 겁니다."

"그럼 당연히 조사 대상에 넣어야지요."

나는 흔쾌히 고개를 끄덕이며 적 각주님을 보았다.

조부님이 상단주로 계셨을 때부터 이 상단에 계셨던 분이다.

그만큼 많은 것을 알고 계시고, 많은 일을 겪어 보신 분.

각주님께서 뭐든 한 가지 대답해 주신다고 한 적이 있

지만, 그건 아직 쓰기 아쉽다.

그러니 이번 기회를 노려야지.

"대신이라기에는 뭣하지만, 한 가지 부탁이 있습니다."

"말씀하십시오."

"조영영 부관이 유소악 내총관을 마음에 품고 있음을 아시죠?"

"……."

적 각주님의 부드러운 미소.

알고 있다는 의미다.

"두 사람이 이제는 혼인을 하든지 마음을 정리하든지 결판을 내야 할 때가 된 것 같습니다."

"그렇긴 합니다. 안 그래도 조 부관 때문에 조 행수가 속을 끓이고 있으니 말입니다."

"그래서 말인데. 저 좀 도와주시죠."

* * *

다음 날,

유소악은 차장으로 향했다.

주도가들을 둘러보고 이에 대해 조사해야 하는 일을 맡게 되었기 때문이다.

밀린 서류들이 많아 되도록 집무실을 벗어나고 싶지 않았다.

하지만 적병철 각주가 "그런 건 직접 보고 판단하는 게 좋지 않겠습니까?"라고 적극적으로 의견을 제시하는 바람에 유소악이 직접 움직이게 되었다.

적병철 각주는 오랫동안 이 상단을 위해 애써 온 인물인 만큼 그의 말은 무거웠다.

그렇기에 그리 결정된 것.

그래도 다행인 건 호북성만 담당하게 되었다는 거다. 그도 그럴 것이 다른 지역은 날이 추워서 이동하는 것이 어려웠기 때문이다.

"아! 먼저 와 계셨군요?"

그때, 은서호가 다가왔다.

이번에 은서호도 함께 이동하는 것으로 되었기 때문이다.

"방금 왔습니다."

"아, 그럼 가실까요?"

그렇게 그들은 마차에 올라탔고, 명단에 적힌 주도가들을 둘러보기 시작했다.

금주령으로 인해 술 만드는 것을 중단했지만, 주도가들의 표정은 그리 어둡지 않았다.

금주령이 오래지 않아 풀릴 거라 생각하기 때문이다.

하지만 은서호는 그런 의견을 단호히 반박했다.

"아뇨, 이번 금주령은 제법 오래갈 겁니다."

평소 남다른 혜안을 보여 주었기에, 이번에도 은서호의

의견에 따라 은해상단이 움직인 거다.

유 내총관은 무의식적으로 무릎을 주물렀다.

날이 추워서인지 아니면 그 일이 있던 겨울이기 때문인지 무릎이 쑤셨기 때문이다.

"무릎이 아프신 모양입니다."

"아, 네."

"제가 좀 봐 드리겠습니다."

뭐라고 하기도 전에 유소악의 옷을 걷고 살피던 은서호가 당황한 표정으로 물었다.

"이건…… 고신을 당한 흔적 아닙니까?"

* * *

내 말에 유 내총관의 표정은 딱딱하게 굳어졌다.

하지만 잠시 후, 한숨을 내쉬며 수긍했다.

"맞습니다."

"……."

"제가 부인하지 않고 순순히 말해서 당혹스러우신 모양입니다."

"아, 네……."

솔직히 한 번은 부정할 줄 알았으니까.

유 내총관은 고개를 들어 마차 천장을 보더니 이야기를 꺼냈다.

"벌써 십 년도 넘은 일이군요. 그때 억울한 일을 당했고 그때 고신을 당했었습니다."

"……."

"의원의 말로는 천만다행으로 근골이 상하지 않아서 걸을 수 있는 거라더군요."

"혹시, 무슨 일 때문이었는지 여쭤보면 실례일까요?"

내 물음에 유 내총관은 쓴웃음을 지었다.

"소단주님이 궁금해하시는 이상, 다른 사람의 입을 통해 듣게 하는 것보다는 제 입으로 말씀드리는 게 낫겠군요."

나는 조용히 고개를 끄덕였다.

사실 이미 아버지에게 들어서 자초지종은 알고 있다.

하지만 무슨 이야기든 그 입장에 따라서 달라질 수 있기에 당사자의 입을 통해서도 사정을 듣고 싶었다.

유 내총관은 담담히 그때의 일을 이야기하기 시작했다.

큰 틀에서는 아버지의 말씀과 대동소이했다.

하지만 직접 그 일을 겪었던 유 내총관 본인이 말해 주는 건 그 현실감이 달랐다.

신부가 얼마나 잔혹하게 살해되어 있었는지. 옷도 제대로 입지 못하고 밧줄에 묶여 질질 끌려가던 신세가 얼마나 치욕스러웠는지.

그리고 현청에서 당한 고신이 얼마나 고통스러웠는지 등등.

"하지만 상단주님 덕분에 제 억울함이 밝혀졌죠."

"그래서 저희 상단에서 일하게 되신 거군요."

"그렇습니다."

그는 말을 이었다.

"사실 저를 바라보는 이들의 시선에서 도망치고 싶은 마음도 있었습니다. 사람들은 사건이 일어난 것에 더 관심이 있지, 그 사건의 범인이었던 자가 사실은 무죄였다는 것에 대해서는 별 관심이 없으니까요."

"……."

"아직도 북경에서 그 사건을 기억하는 이들 중에서 제가 범인이라고 아는 자들이 많을 겁니다."

그 말에 뭔가 씁쓸함을 느꼈다.

화젯거리는 그 순간의 관심만을 가져올 뿐이다. 그 후 지나간 화젯거리에 대해서는 별로 관심을 가지지 않지.

왜냐면, 나 또는 가족, 친우의 일이 아니니까.

타인의 일은 그저 한순간의 관심으로 끝날 뿐이니 더 이상 진실에 관심이 없는 거다.

"혹시 그동안 한 번도 북경에 가지 않으신 이유가, 그때의 일이 기억나서입니까?"

"이미 십 년도 넘은 일입니다. 그러니 그건 괜찮습니다. 그러니 이렇게 소단주님께 그때의 일을 말씀드릴 수 있는 거죠."

"그럼 어째서……."

"하지만 아직도 북경에는 저를 아는 이들이 있는 만큼 그들을 마주하는 것이 두렵습니다."

그렇군. 그때의 기억이 무서운 게 아니라, 그때를 기억하는 사람이 무서운 거다.

나는 전에 유 내총관과 나들이를 갔던 일을 떠올렸다. 그때만 해도 사회성이라고는 전혀 없었지.

그 이유를 지금 알 것 같았다.

유 내총관은 사회성을 기를 기회가 없던 게 아니라, 사회와 자신을 단절시켜 버렸던 거다.

"……."

그래도 지금은 그때보다 훨씬 나아져서 다행이네.

그럼 이제 슬슬 본론으로 들어가 볼까.

"그럼…… 그때의 그 일 때문에 조영영 부관의 마음을 거부하는 겁니까?"

"……."

유 내총관은 땅이 꺼져라 한숨을 내쉬더니, 마차 창문을 통해 밖을 내다보며 말했다.

"상단 사람들은 제가 아주 죽일 놈이라고 생각할 겁니다."

"왜 그리 생각하십니까?"

"조 부관의 마음을 이용한다고 생각할 테니까요. 그 마음을 받아 줄 생각이 없으면 잘라 내야지 그러지 않고 있으니 말입니다."

"그래서 내총관님의 마음은 어떻습니까?"

"저는……."

"좋습니까? 싫습니까?"

"……싫지는 않습니다."

"그럼 좋은 거네요."

"그건 그리 단순한 문제가 아니란 말입니다. 그냥 그녀를 보면 안절부절못하겠고 제가 그만하라고 말하면 울 것 같고, 그러면 제가 괴로울 것 같고…….."

나는 속으로 헛웃음을 지었다.

뭐야……

유 내총관도 조 부관을 마음에 두고 있는 거네. 하지만 아직 본인은 인정하지 않고 있는 거다.

그게 연모의 감정이라는 것을 모르나?

"혹시 조 부관을 볼 때 죽은 그 신부가 떠오르십니까?"

유 내총관은 당혹스러운 표정이었다.

"사실…… 그동안 몇몇 여자들을 만났을 때는 그녀가 떠오르긴 했습니다. 그래서 괴로웠습니다."

그는 눈을 깜박였다.

"그러고 보니 이상하군요. 왜 조 부관을 볼 땐 그런 생각이 나지 않을까요?"

그걸 저에게 물어보면 어떻게 합니까?

.

.

.

그렇게 이틀에 걸친 출장이 끝났다.

적 각주님 덕분에 유 내총관과 함께 할 수 있는 시간을 만들 수 있었다.

그리고 그 마음을 확인한 것만 해도 큰 성과고.

"수고 많으셨습니다."

"아닙니다. 소단주님께서 고생이 많으셨습니다. 그나저나 이렇게 함께 일을 하니 예전에 제 보조원으로 일하셨을 때가 기억이 납니다."

"저도 그랬습니다. 아, 일송이는 어떻습니까? 이제 제법 일이 익숙해졌을 것 같은데요."

"네. 이제 제법 태가 납니다."

유 내총관이 태가 난다고 할 정도면, 제법 일을 잘한다는 의미다.

석일송을 데리고 온 보람이 있네.

곧 본단의 차장에 도착했고, 우리는 마차에서 내렸다. 그런데……

차장의 분위기가 어수선하면서도 긴장감이 흐르고 있었다.

그리고……

은풍대가 비장한 표정으로 분주하게 움직이고 있었다.

뭔가 일이 터진 게 분명하다.

팔갑이 눈치 빠르게 그들에게 달려가 몇 마디를 주고받더니, 곧바로 돌아왔다.

"도련님! 이거 아무래도 큰일이 난 듯합니다요."

"큰일이라니?"

"습격을 당했다고 합니다요. 인근 양은현으로 약재와 미곡을 옮기던 도중에 녹림들이 습격했다고 합니다요."

"녹림? 그쪽으로 가는 길에 있는 녹림하고는 우호 관계를 맺어 뒀잖아?"

"그게…… 처음 보는 얼굴들이었다고 합니다요."

그 말에 그들의 정체가 짐작이 갔다.

유리걸식하는 이들이 모여 녹림을 이룬 거겠지.

점점 민란의 조짐이 보이는 거다.

"그래서, 사람들은 괜찮고?"

"상단의 지침대로 상품은 내버려 둔 채 사람들은 도주했다고 합니다요."

은해상단에서는 그런 상황에서 상품은 버려두고 사람들만 도주하거나 탈출하는 것을 최우선 지침으로 한다.

상품은 나중에 성의를 표시하고 찾아올 수도 있고, 그게 불가능해도 상관없다는 주의다.

사람의 목숨은 하나뿐이며 숙련된 인재를 구하는 건 정말 힘든 일이니까.

처음 은해상단에서 일을 하기 시작한 이들은 상품에 집착하곤 했다. 정말 그대로 따라도 되는지 확신이 없으니까.

하지만 경력이 쌓이면서 확신이 생기고, 그리되면 지침대로 따르게 되는 것.

이번에도 그렇게 했다는 거다.

"그래서 모두 도주했고?"

"네."

"다행이네."

"근데…… 다행이라고는 못하겠습니다요."

"응? 그게 무슨 의미야?"

"도주하던 도중에…… 조영영 부관이 크게 다쳤다고 합니다요. 그래서 지금 의당에……."

"뭐라고?"

그 순간 나보다 먼저 뛰쳐나가는 사람이 있었다.

유 내총관이다.

나는 그 뒷모습을 보고는 걸음을 옮겼다.

"우선, 아버지에게 가자."

"네."

나는 아버지의 집무실로 향했고, 아버지에게 이번 일의 전모에 대해 들을 수 있었다.

"양은현의 지현에게 협조를 구할 일이 있어서 조영영 부관이 서신을 가지고 상행에 동행하고 있었다는 거군요."

"그래, 맞다. 하필 이런 때에……."

"지금 상태는 어떤가요?"

"중태다."

"하……."

나는 한숨을 내쉬며 마른세수를 했다.

"내 부관인데, 왜 네가 그러는 거냐?"

내가 바꾼 걸로 인해 이런 일이 벌어진 것일 테니까.

이전 삶에서도 민란으로 인해 상행단이 습격받은 적은

있다.

하지만 그로 인해 조영영 부관이 습격당한 적은 없었다.

그녀는 내가 죽을 때까지도 살아 있었으니까.

죽은 이들도 없었지.

그러나 내 이전 삶에서 죽은 자들이 없었다고 이번에도 그러라는 법은 없다.

"그들의 정체는 파악되었습니까?"

"유리걸식하는 이들이 모인 이들인데, 그 수가 약 오십여 명 정도더구나."

"어찌하실 생각이십니까?"

"우선 정석대로 한다더구나."

아버지가 말씀하시는 정석은, 사례금을 주고 표물을 되찾아오는 일이다.

만약 이를 거부한다면, 그땐 토벌전이다.

하지만…….

"아버지, 저들은 민란 집단입니다. 과연 녹림을 다루는 그 정석적인 방법이 통할까요?"

"안 그래도 창인 표국의 국주도 그걸 고민하고 있더구나."

민란 집단은 녹림과는 다르다.

적당한 예시를 들자면, 처음 개업해서 세상 물정 모르는 상인이라고 봐야지.

하지만 그것도 상계에 뜻을 두고 뛰어든 상인이 아니라

마땅히 먹고 살 만한 직업이 없어서 마지못해 상계에 뛰어든 풋내기 상인이다.

그러니 말이 안 통하는 거다.

도망가는 이들을 공격한 것만 봐도 그들이 얼마나 얼치기인지 알 수 있었다.

보통 도망가는 이들을 공격하지 않는 건 불문율이거든.

"당장 눈앞에 떨어진 표물에 눈이 멀어서 꿀꺽할 가능성이 크겠죠."

문제는 그들이 민란의 무리라는 것.

녹림으로 간주하고 전면전을 벌여 토벌하기에는 그들의 구성원이 마음에 걸린다.

분명 아이와 여자들도 섞여 있을 테니까.

"고민을 좀 해 봐야겠군요."

나는 자리에서 일어났고, 별당으로 가기 전에 우선 의당으로 향했다.

그러던 중, 의당 앞에 서 있는 유 내총관과 마주쳤다.

"왜 여기에 계십니까?"

"그게……."

나는 유 내총관의 호위를 보았다. 살짝 고개를 젓는 것을 보니 그녀를 보러 들어가지 못한 모양이다.

의당까지 달려왔지만, 막상 들어가려고 하니 발길이 떨어지지 않았겠지.

그는 말을 흐렸고, 이내 한숨을 내쉬며 말했다.

"무섭습니다."

"조 부관을 볼 때에는 그 신부가 떠오르지 않으신다면서요? 그런데 뭐가 무섭다는 겁니까?"

"이대로 조 부관이 죽으면 어떻게 합니까? 저는…… 그러니까 저는……."

말을 잇지 못하는 그를 보며, 나는 단호히 말했다.

"지금 중태라고 합니다."

"……!"

"만약 이대로 명을 달리하면 후회하실 듯합니다만."

내 말에 그는 입술을 깨물었다.

"가시죠."

나는 유 내총관의 손을 잡고 의당 안으로 들어갔다.

잠시 후.

우리는 조 부관을 볼 수 있었다.

침상에 옆으로 누운 그녀는 파리한 얼굴로 간신히 숨을 내쉬고 있었다.

"오셨습니까?"

조 부관의 옆에는 조 행수가 서 있었다. 수척해진 얼굴이 그의 심경을 말해 주고 있었다.

"죄송합니다. 좀 더 많은 무사를 보냈어야 했는데……."

내 사과에 그는 고개를 저었다.

"아닙니다. 충분히 많은 무사들을 보내 주셨습니다. 덕분에 목숨을 건질 수 있었습니다."

"그래도 죄송한 건 죄송한 거니까요."

나는 옆의 의관에게 물었다.

"상태는 어떻습니까?"

"등과 팔에 화살을 맞았습니다. 오자마자 화살촉을 제거했는데 그게 좀 늦어서……."

"……."

"고통이 상당히 심해서 깨어났다가 혼절하기를 반복했습니다. 하여 약으로 재워 놓은 겁니다."

"그렇군요."

그녀의 이마에서는 땀이 송골송골 맺혀 흘렀다. 열이 오르는 듯했다.

"오늘 밤이 고비입니다."

의관의 말이 뜻하는 건 명확했다.

오늘 밤을 넘기면 사는 거고, 아니면…….

그때였다.

"저, 내총관님."

조 행수가 유 내총관을 불렀다.

"네. 말씀하십시오."

"제가 좀 무리한 부탁을 드려도 되겠습니까?"

"……?"

"지금 내총관님의 일이 얼마나 많이 밀렸는지 잘 압니다. 하지만 그래도…… 딸아이를 위한 이 아비의 청을 들어 주십시오."

"무엇입니까?"

"오늘 밤, 제 딸의 손을 잡아 주십시오."

"⋯⋯."

"내총관님도 아시겠지만, 제 딸이 내총관님을 많이 사모합니다. 그러니⋯⋯ 이렇게 부탁드립니다."

나는 딸을 위해 그런 부탁을 하는 아버지의 마음을 감히 짐작도 할 수 없었다.

솔직히 조 행수는 유 내총관이 탐탁지 않았을 거다. 딸의 마음을 농락하는 것 같기도 하고.

하지만 조영영 부관의 죽음을 앞두고 있으니, 그런 마음을 과감히 내려놓은 거다.

오직 딸의 행복을 위해서.

"내총관님께서 그리해 주신다면, 영영이는 편히 눈을 감을 수 있을 겁니다."

"⋯⋯그리하죠. 그리하겠습니다."

"감사합니다. 정말 감사합니다."

"하지만 말입니다."

유 내총관이 말을 이었다.

"벌써부터 조 부관의 죽음을 입에 담지 말아 주십시오. 조 부관이 죽긴 왜 죽습니까? 아닙니다. 조 부관은⋯⋯ 죽지 않습니다. 죽지 않을 겁니다."

유 내총관의 말대로다.

조 부관은 죽지 않을 거다.

내가 바꾼 미래로 인해 일이 이리되었다면 조 부관의

죽음마저도 내가 바꾸면 되는 일이니까.

나는 내 별당으로 향하면서 팔갑에게 전음을 보냈다.
– 팔갑아. 서우 무사랑 진유 무사에게 지금 당장 나갈
준비 하라고 해.

잠시 후.
나는 두 무사와 함께 별당을 나섰다.
회복을 돕기 위한 영약이 필요했으니까. 물론 나에게는
신령혜복실이 있긴 하지만 솔직히 그건 조 부관에게는
과유불급이다.
그리고 마침, 적당한 영약이 어디에 있는지 알고 있으
니까.

.

.

.

우리는 금세 한 산에 도착했다.
회귀 직후 내 체질을 고친 청빙설매실을 구한 곳이자,
상단 본단의 뒷산이다.
이곳에는 신체의 회복을 돕는 영초가 있다.
그 이름은 복혜화(復惠花).
그 꽃의 향을 맡게 하면, 회복 속도가 비약적으로 빨라
지게 된다.
내가 이에 대해 알게 된 건, 이전에 숭양현에 흘러 들

어왔던 흑도 패거리들 덕분이다.

그들이 서로 패싸움을 벌이다가 크게 다친 한 흑도 우두머리가 그걸 발견하여 몸을 회복시켰으니까.

문제는 그로 인해 그들의 싸움이 격해지며 애꿎은 민간인들이 피해를 봤다는 거다.

내가 이를 알고 있으면서 미리 찾지 않은 건, 아직 개화 시기가 멀었기 때문이다.

내 기억대로라면 얼마 전 전쯤에 피었을 거다. 갓 피어났을 때 효과가 제일 좋기도 하고.

크게 중요한 건 아니라서 기억 한편에 묻어두고 있었다가, 이번 조영영 부관의 부상으로 기억을 떠올린 것.

"여깁니까?"

서우 무사의 물음에 나는 고개를 끄덕였다.

"그렇습니다."

나는 일전에 하오문을 통해 얻었던 정보를 떠올리며 움직였다.

저 소나무 세 개가 모여 있는 곳에서, 굽은 소나무 쪽으로 약 오백 걸음.

그리고…….

그렇게 얼마나 갔을까?

경공을 사용했기에 실제로는 오래 걸리지 않았다. 약일각 정도.

이내 나는 미소 지었다.

절벽에 피어 있는 붉은색 꽃이 보였기에.

저게 바로 복혜화다.

비록 절벽 중간에 피어 있었지만, 우리는 모두 절정의 고수들.

또한 엄청 험한 절벽이 아니기에 쉽게 손에 넣을 수 있었다.

그러고 보니 이전 삶에서 그 복혜화의 공능을 체험했던 흑도의 무사는 복혜화가 우연히 뿌리째 뽑혀 아래로 떨어지면서 그걸 얻을 수 있었다고 했지.

아무튼, 이제 이건 내 것이다.

엄밀히 말하면 조영영 부관의 것이지.

* * *

유소악은 해가 지고 나서도 계속 의당에 머물러 있었다.

아까 막 본단에 도착했을 때 조영영이 중상을 입었다는 말에 갑자기 눈앞이 캄캄했다.

아무것도 생각나지 않았다.

그리고 정신을 차렸을 때 그는 의당 앞에 있었다.

하지만 정작 의당 안으로는 들어가지 못했다.

'내가 왜 그랬을까?'

그 이유는 간단했다.

조영영을 보는 게 두려웠던 거다.

그는 한숨을 내쉬며 침상에 누워 힘겹게 숨을 몰아쉬는

조영영을 보았다.

그런 그녀를 보자 가슴이 찢어지는 듯 아팠다. 솔직히 이런 기분은…… 처음이다.

그동안 누군가 아파도 거기에 대해 별로 공감하지 못했었는데 말이다.

'이런 기분은, 어머니가 돌아가셨을 때 이후로 처음이구나.'

이런 건 싫었다.

이전처럼, 자신을 보며 재잘거리는 모습이 보고 싶었다. 그리고 자신의 말에 두 뺨이 발그레해지는 모습도 보고 싶었고…….

그는 손을 뻗는 것을 망설였다.

그녀의 마음에 답해 주지도 못한 자신이 그녀의 손을 잡는 게 맞나 싶기도 하고.

너무나도 소중해서 만지는 것이 망설여지는 그런 마음이었다.

손을 거두다가 다시 뻗기를 반복하던 그는 결국 조영영의 손을 조심스레 잡았다.

매우 뜨거웠다.

부상으로 인해 열이 나고 있는 것이다.

"부디…… 일어나 주시오."

그는 간절히 기도하듯 중얼거렸다.

피를 많이 흘렸다고 하는 것을 증명하듯, 얼굴은 무척 파리했다.

그럼에도 이렇게 뜨거워도 되는 건가 싶었다.

그때였다.

조영영의 눈꺼풀이 파르르 떨리더니, 이내 눈이 떠졌다. 그러나 그 눈동자의 초점이 잘 잡히지는 않았다.

"어…… 내총관님?"

그녀는 헤실헤실 웃으며 말했다.

"저는 무공도 익히고 그래서 엄청 센데. 그래서 쉽게 죽을 사람도 아닌데……."

"……."

"저는 내총관님 말고 만나는 남자 없는데……."

그 말을 듣는 순간, 유소악은 입술을 깨물었다.

조영영은 자신의 과거를 알고 있었다.

그러니 그런 말들을 하는 것이다.

"언제 아셨습니까?"

"제가 북경에 갔을 때요."

그는 자신도 모르게 물었다.

"제가 안쓰러웠습니까?"

"내총관님은 강하잖아요. 그런데 왜 안쓰러워요?"

"……."

강하다니! 자신이 강하다니!

"아닙니다. 저는 강하지 않습니다. 비겁하게 도망만 치는 겁쟁이입니다."

"아니에요. 다른 사람이었으면 이미 미치고도 남았을…… 거예요. 그런데 아직 삶을 살고 계시잖아요. 그러니까 내총관님은 강한 사람이에요. 그래서…… 제가 많이 연모해요. 헤헤헤."

확실히 지금 정신이 혼미한 게 맞는 듯했다. 그게 아니라면 이런 이야기를 스스럼 없이 할 리가 없다.

"제가 대체 어디가 그렇게 좋습니까?"

"그냥 좋아요. 헤헤."

"……."

"부끄럽게 그런 거 묻는 거 아니에요."

유소악은 자신도 모르게 조영영의 잡은 손에 힘을 주었다.

"봄에 저 뒷산에 봄꽃이 피면 얼마나 아름다운지 아십니까?"

"알아요."

"셋째 소단주님의 지시로 심은 매화나무가 무척이나 아름답습니다. 이번 봄에는 함께 매화를 보러 갑시다."

"정말이죠? 좋아라. 헤헤헤. 약속할 수 있어요?"

"물론입니다. 약속하겠습니다. 그러니까…… 꼭 회복해서 일어나십시오."

그렇게 유소악은 조영영을 위해 이런저런 이야기를 해주었다.

여름이면 함께 비를 맞으며 연못가를 걷자고, 가을이면 함께 단풍놀이를 가자고.

계속해서 말을 시키고 또 시켰다.

이대로 눈을 감으면 영영 눈을 뜨지 못할 것 같다는 막연한 두려움이 생겼기 때문이다.

그때였다.

스으으윽,

어디선가 연기가 흘러들어오기 시작했다.

그 연기는 조영영과 유소악이 있는 방을 가득 채웠다.

잠시 후, 그들은 잠이 들었다.

* * *

나는 문을 열었다.

조영영 부관과 유소악 내총관이 잠들어 있는 것이 보였다.

역시 만결의선 어르신이 만든 거라서 그런지, 수면향의 효과가 좋네.

나는 그들에게 다가가 꼭 잡은 손을 보며 웃었다.

진유 무사가 내민 상자를 열고 그 안의 복혜화를 꺼내었다.

그리고 조영영 부관의 코 밑에 대었다.

조영영 부관의 호흡이 안정되기 시작하더니, 안색이 좋아졌다.

다행히 늦지 않았다.

"조금만 늦었어도 영영 늦을 뻔했습니다."

조영영 부관의 맥을 짚은 진유 무사가 그리 말했다. 진유 무사는 그 직업 때문인지 어느 정도 의술에도 조예가 있었다.

누군가를 빠르고 확실하게 죽이기 위해서는 그만큼 사람의 신체에 대해 잘 알아야 했으니까.

"아마도 내총관께서 계속하여 말을 걸어 주신 덕분이 아닐까요?"

"저 역시 그리 생각합니다."

우리는 서로를 마주 보며 웃고는, 아무 일도 없었다는 듯 그곳을 슬쩍 빠져나왔다.

．

．

．

나는 별당으로 향했다.

정확히는 별당으로 향하는 골목에 있는 후원으로.

은해상단은 그 크기가 크기인지라 곳곳에 후원이 있었으니까.

그리고 후원에 도착해 옷소매에서 복혜실을 꺼냈다.

조영영 부관의 회복을 도운 복혜실은 이미 시들어 버린 지 오래였다.

한 번밖에 쓰지 못하는 복혜실이지만, 이걸 조영영 부관을 위해 쓴 것을 후회하지 않는다.

만약 조 부관이 이대로 명을 달리했다면 유 내총관은 무척이나 상심했을 테니까.

그리고 아버지를 비롯해 조영영 부관을 아끼던 이들 모두 크게 마음의 상처를 입을 터.

무엇보다 조영영 부관의 아버지 조 행수는……

아무튼 그로 인해 은해상단에 균열이 생길지도 모른다. 아주 작은 균열이라고 해도 훗날 은해상단이 천하제일 상단이 되는 일에 영향을 주기 마련이다.

내가 있는 이상, 은해상단에 미세한 균열이라도 생기는 것은 용납할 수 없다.

나는 내 손에 들린 복혜실을 보며 중얼거렸다.

"그나저나 이거 어떻게 처리하지?"

아무리 시든 복혜실이라고 해도 이게 남의 눈에 띈다면 나름 큰일이다.

이게 쓰였다는 사실을 모르게 하려고 일부러 조 부관과 유 내총관도 재웠는데 말이지.

그때였다.

— 꾸잇? 꾸이! 꾸이!

내 뇌리에 들리는 금령의 꾸이거리는 소리.

"뭐야? 이거 너 달라고?"

내 물음에 내 소매에서 금령이 툭 튀어나왔고 고개를 끄덕였다.

그 눈이 반짝거렸고, 입에서는 군침이 뚝뚝 떨어졌다.

나는 쪼그려 앉아 금령을 보았다.

"이거 먹을 거야?"

"꾸이!"

금령은 열성적으로 고개를 끄덕였다.

"너 원래 은자나 금자만 먹는 거 아니었어?"

내 물음에 금령은 고개를 갸웃하더니 고개를 저었다.

"꾸잇? 꾸이. 꾸이잇! 꾸이!"

"그러니까…… 이런 영초 같은 것도 먹는다고? 아……
비싼 건 다 먹는구나. 그런데 이건 효능을 다 한 건데?"

"꾸이익! 꾸이!"

"효능을 다 한 영초도 남은 한 방울까지 꾹 짜낼 수 있
다고?"

그러니까 극도의 효율성을 추구한다는 거다.

아무튼, 이 녀석이 처리할 수 있다면 나로서는 주지 않
을 이유가 없다.

"그래, 먹어라."

나는 그걸 금령에게 내밀었고 금령은 그걸 얼른 입에
물고 오물오물 냠냠 맛있게 먹었다.

그리고 다시 내 옷소매 속으로 들어갔다.

나는 그걸 보며 피식 웃고는 몸을 돌렸다.

그리고 서우 무사와 진유 무사에게 포권했다.

"아무것도 묻지 않아 줘서 감사합니다."

솔직히 오늘의 일에 대해서 물으면 뭐라고 대답해야 할
지 살짝 고민했었다.

하지만 두 무사는 아무것도 묻지 않았고, 그게 너무 고
마웠다.

"주군이 하시는 일입니다. 저희는 그저 따를 뿐입니
다."

"앞으로도 저희는 주군을 지킬 겁니다. 그러니 걱정하

지 마십시오."

나는 그들의 말에 고개를 끄덕였다.

특히, 복시령과로 인해 삶을 되찾은 서우 무사의 눈에
서는 깊은 신뢰감이 느껴졌다.

"그럼 갑시다."

"별당으로 모실까요?"

"아닙니다. 현풍국으로 가야죠. 일이 많이 밀려 있으니
까요."

그런 내 등을 보며 진유 무사가 말했다.

"슬퍼하지 마십시오."

내 목소리가 많이 슬퍼 보였나 보다.

"이번 호위가 누구였죠?"

"저와 창운 무사입니다."

"함께, 힘냅시다."

* * *

유소악은 퍼뜩 잠에서 깼다.

"이, 이런!"

그는 당혹스러웠다.

밤새 조영영을 지키겠다고 결심했는데 이렇게 잠들어
버리다니 말이다.

'이런 못난 놈!'

그는 자신을 자책하며 얼른 조영영을 살폈다. 혹시 간

밤에 이미 숨을 거둔 건 아닐까 두려웠다.

하지만…….

어제보다 한결 안색이 좋아진 채 잠들어 있었다.

숨소리도 고른 것이 상태가 좋아 보인다는 것을 알 수 있었다.

그는 안도의 한숨을 내쉬었다.

이제 괜찮아졌으니 자신은 이만 일어나서…….

하지만 자리에서 일어날 수가 없었다.

조영영이 그의 손을 꽉 잡고 놓아 주지 않았기 때문이다.

곧 회진하기 위해 의관과 의녀들이 올 터.

이대로 있자니 민망하고, 손을 빼자니 조 부관이 잠에서 깰 것 같고 난감하던 차였다.

"안녕히 주무셨습니까?"

그때 문이 열리고 의당의 당주가 의녀를 대동하고 들어왔다.

"허, 험, 흠…… 내 추태를 보였습니다."

"아닙니다."

당주가 허허 웃으며 말했다.

"간밤에 아주 보기 좋았습니다. 허허허."

그 말은 즉, 어젯밤에 당주가 이미 두 사람이 손을 꽉 잡고 자고 있었음을 봤다는 의미다.

이에 유소악은 슬그머니 고개를 돌렸다.

"그나저나 이제 한시름 놔도 될 듯합니다. 고비를 넘겼습니다. 다 내총관께서 정성을 다한 덕분이지요."

"……."

.

.

.

유소악은 의당 당주에게 치료를 맡기고 의당을 나섰다.

밀린 일이 산더미 같았지만, 간밤에 조영영의 손을 잡아 주었던 일이 후회되지 않았다.

그는 자신의 손을 보았다.

아직도 그녀의 온기가 손에 남아 있는 듯했다.

'그런데…….'

간밤에 자신이 갑자기 잠들었다는 것이 아무리 생각해도 뭔가 수상했다.

자신의 특기가 밤을 새는 건데 말이다.

'그리고…… 뭔가 셋째 소단주님의 목소리가 들린 것 같기도 하단 말이지.'

* * *

내가 복혜실로 조영영 부관을 회복시킨 지 사흘이 지났다.

그리고 지금 은해상단 내에서는 기적이 일어났다는 소문이 자자했다.

유소악 내총관과 조영영 부관의 마음이 만들어 낸 기적이라고.

솔직히 나에게는 그게 훨씬 부담이 덜하다.

그리고 그런 이야기가 쌓여 갈수록 은해상단 구성원 사이도 돈독해지고 말이지.

나는 서류를 들고 내총관 집무실로 향했다.

그런데 웬일로 그가 자리에 없었다.

석일송이 내게 상황을 설명해 주었다.

"지금 의당에 계십니다."

"아…….."

급한 서류였기에 나는 즉시 의당으로 향했다. 그가 있는 곳은 뻔하다.

"제가 분명히 들었다고요. 같이 봄에 꽃놀이도 하고…… 여름에 연못도 걷자고요."

"험, 험험. 그러니까."

"약속하셨잖아요. 한 입으로 두 말 하시는 거 아니죠?"

"아, 아닙니다."

"만약 아니라고 했으면 저 많이 슬펐을 거예요."

"…….."

아주 알콩달콩 꿀이 뚝뚝 떨어지네.

나는 조용히 그들의 대화를 들으며 씩 웃었다.

이전 삶에서는 보답받지 못했던 조영영 부관의 일편단

심이, 이번 생에서야 보답받게 되었다.

그나저나……

조영영 부관을 죽을 뻔하게 만들었던 그 민란의 무리들을 어찌 처리해야 하지?

이에 대해 지금 창인표국과 우리는 다각도로 논의 중이었다.

오늘 오후에도 그 논의를 위해 창인표국의 국주님께서 상단으로 오신다고 한다.

솔직히 그들이 이해는 된다.

먹고 살기 위해 그랬으니까.

하지만 그렇다고 다른 이들에게 피해를 주는 건 좀 아니지 않나?

기장. **민란의 싹**

민란의 싹

그날 오후.

상단의 주요 인사들에게 은월각으로 모이라는 전갈이 왔고, 나 역시 서둘러 은월각으로 향했다.

그리고 은월각 안으로 들어갔을 때 반가운 얼굴을 마주했다.

사부님이셨다.

그간 외부 일정 때문에 한동안 내 수련을 봐 주지 못하셨는데, 언제 오신 거지?

그리고 사부님 말고도 창인표국의 국주님도 와 계셨기에 두 분께 인사를 드렸다.

오늘 두 분이 오신 이유는 알고 있다.

일전에 조영영 부관을 다치게 하고 우리의 표물을 빼앗은 이들에 대한 대책을 논의하기 위함이다.

사안이 사안인 만큼 다가가 인사는 못 하고 그저 포권하여 고개를 숙여 보였을 뿐.

화기애애하게 웃으며 이야기할 상황이 아니니까.

곧 모두가 모였다.

아버지께서 서두를 꺼내셨다.

"우리가 이리 모인 이유는 저들을 어찌 처리해야 하는지에 대한 것을 논의하기 위함이요. 모두의 의견을 모아 봅시다."

가장 먼저 나서서 의견을 제시한 이는 고 외총관이다.

"우리 은해상단이 뭐가 무서워서 저들을 보고만 있어야 한단 말입니까? 저에게 명령만 하신다면 당장 저들을 전부 도륙내 버리겠습니다!"

고 외총관은 분기탱천하여 말했다.

"표물도 표물이지만, 감히 우리 조 부관을 죽을 뻔하게 했습니다! 우리 조 부관을 말입니다!"

왠지 고 외총관은 표물을 빼앗긴 것보다 조 부관이 죽을 뻔했다는 것에 더 화가 난 모양이었다.

솔직히 나도 그게 화가 나긴 하지만 그래도 그런 사사로운 감정은 좀 접어 두셔야 하지 않나?

그리 생각하며 은월각의 이들을 둘러보다가 나도 모르게 속으로 웃음을 지었다.

모두 격하게 고개를 끄덕이고 있었다.

아……

그러고 보니 조 부관은 이 자리에 있는 사람들뿐만 아

니라 상단 사람들 대부분의 딸이자 조카이고, 누나이고 언니이자 누이동생이었으니까.

그러니까 모두의 사랑을 듬뿍 받는 존재였던 것.

유 내총관에게는 뭐…….

"험험."

아버지께서는 헛기침을 하시며 말씀하셨다.

"솔직히 나도 그 부분에 있어서 상당히 화가 나네. 하지만 여기서 신중하게 접근해야 하는 건 저들이 단순한 녹림이 아니라는 것이네."

창인표국의 국주님께서 그 말을 받았다.

"상단주님의 말씀대로입니다. 저들은 유리걸식하던 이들이 모인, 민란의 무리입니다. 그리고 아시다시피 배고파서 눈이 돌아간 이들에게 죽음이 대수겠습니까?"

"하긴 그렇지요."

세상에서 가장 무서운 이들이 뒤가 없는 이들, 그중에서도 배를 곯는 이들이다.

굶어 죽어 가는 자식을 위해서라면 부모는 뭐든지 할 수 있다. 물론 세상에는 그러지 않는 비정상적인 부모도 있지만, 그건 논외로 하고.

"하여 일반적인 녹림을 대하는 식으로 해서는 아니 될 듯합니다. 문제는……."

창인표국의 국주님께서는 심각한 표정으로 말을 이으셨다.

"그 민란의 집단의 덩치가 점점 커져가고 있다는 겁니다."

아…… 그랬지.

분명 이전 삶에서도 민란의 무리는 소규모로 시작됐다.

하지만 점점 그 세가 커지면서 호북 전역을 휩쓸어 버릴 정도의 거대 녹림이 되어 버렸다.

그로 인해 호북 지역에서는 엄청난 혼란이 발생했다.

그들에게 습격당한 지주들이 몇이며, 상단이 몇이었나.

그 와중에 다행히 우리 은해상단은 무사할 수 있었지만…….

그러면 뭐 하는가?

상단이 존재하기 위해서는 물건을 구매할 수 있는 자들의 구매력이 중요한데.

그래서 우리 상단 역시 고생하는 것은 피할 수 없었다.

백천상단은…….

솔직히 그 어떤 민란의 무리가 백천상단을 습격할 수 있을까?

무림맹의 고수들이 대거 포진하고 있는데.

"그럼 어찌해야 한단 말입니까? 토벌을 포기해야 합니까? 자칫했다가는 다른 녹림들에게 우리 은해상단이 얼마나 얕보일지 아시잖습니까?"

고 외총관의 말에 연 각주도 동의했다.

"그건 고 외총관님의 말씀대로예요. 하지만 그걸 국주님께서도 모르실 리 없죠."

그녀의 말에 국주님이 고개를 끄덕였다.

"하여 저는 그 결정은 은해상단에 위임하려 합니다."

이런 약으신 분.

이래도 문제고 저래도 문제니, 의뢰 상단인 우리에게 결정권을 맡기겠다는 거다.

아버지의 고심이 깊어져 가셨다.

확실히 뚜렷한 방책이 없긴 하다.

저들을 토벌하자니 그 구성원들이 걸리고, 그냥 내버려 두자니 다른 이들에게 만만하게 보일까 염려되고.

그나저나 고작 이 년째인데도 벌써 유리걸식하는 자들이 이렇게 많이 생겨나다니.

놀라운 사실은 이게 이전 삶보다 훨씬 양호한 상황이라는 거다.

이전 삶에서는 벌써 이때 유리걸식하는 이들의 무리가 손쓰기 힘들 정도로 커졌으니.

민란의 무리가 생겨난 근본적인 이유는 땅이다.

유리걸식하는 이들은 땅을 담보로 잡아서 곡식이나 돈을 빌린 이들이 대부분이고 흉년으로 그걸 갚지 못하게 되면서 길바닥에 나앉게 된 거니까.

또한 소작에서 떨어지게 된 이들도 많고.

에휴.

흉년이면 일반 서민들만 죽어 나는 건 시대를 불문하고 똑같다.

땅이라…….

아! 순간 좋은 생각이 떠올랐다.

"……호야?"

"……."

"서호야?"

"아! 네? 아버지. 부르셨습니까?"

"그래. 갑자기 멍하니 뭔가를 생각하는 것 같아서 말이다."

"아, 죄송합니다."

"그래서, 무슨 생각을 그리 골똘히 한 것이더냐?"

"이번 사태를 해결할 방안을 고민하고 있었습니다."

내 말에 모두 눈빛을 빛내며 나를 바라보았다. 마치 보물 보따리를 바라보는 듯한 눈빛.

윽! 갑자기 부담스럽게 왜들 그러십니까?

"그래, 뭐든 편히 말해 보거라."

"이번 일은 저들이 민란의 무리라는 것이 문제 아닙니까?"

"그렇지. 잘못했다가는 민초들을 학살하게 되는 꼴이니 말이다."

"그렇다면 저들을 민란의 무리가 아니게 만들면 되는 것 아닙니까?"

"어떻게 말이냐?"

"저희가 땅을 구매하죠. 그래서 소작을 주는 겁니다."

"……."

잠시 계산을 해 보던 유 내총관이 말했다.

"좋은 생각입니다만, 그러기 위해서는 상당한 돈이 필요합니다. 저희 상단이 휘청할 수도 있습니다."

"진짜요?"

"……."

"저희 상단의 여력이 그 정도밖에 안 되나요?"

"험험."

유 내총관은 슬그머니 고개를 돌렸다.

"하지만 모든 민란의 무리들을 그렇게 흡수하는 건 무리가 있다."

"그렇죠. 분명 한계는 있을 겁니다. 하지만 그래도 여력이 되는 만큼만이라도 할 수 있다면 이번 일은 생각보다 쉽게 해결할 수 있을 겁니다."

고 외총관이 탐탁잖은 얼굴로 물었다.

"본단의 재물을 빼앗고 우리 조 부관까지 죽을 뻔하게 한 이들의 죄를 용서하라는 겁니까?"

나는 반문했다.

"제가 언제 용서한다고 했습니까?"

"네?"

"물론 그 죗값은 물어야죠."

"역시 피는 피로……."

"아뇨. 다행히 죽은 이들은 없으니까……."

나는 말을 이었다.

"한 오 년 정도 무보수로 농사를 짓게 하죠."

"무보수로? 그럼 무엇을 먹고 살라고……."

"그건 저희가 빌려 주는 것으로 하죠."

"그럼 빚을 지고 갚고 하는 무한한 반복의 굴레에 가두는 것이 아니더냐?"

"그렇게 생각하면 악덕 지주와 다를 바 없다고 할 수도 있지만, 노략질을 한 것은 저들입니다. 죽지 않고 살 수 있는 기회를 주는 것만 해도 충분합니다. 그리고 열심히 하면 그 굴레에서 벗어날 수 있는 기회도 줄 생각입니다."

내 말을 조용히 듣던 창인표국의 국주님이 반론을 제시했다.

"하지만 저들이 이 안을 거절할 가능성도 있습니다. 이미 한 번 성공을 맛보았으니까요. 쉽게 재물을 얻을 수 있는데 땀 흘려 돈을 벌고 싶겠습니까?"

"말씀대로입니다. 우선, 노략질이 쉬운 게 아니라는 것을 알려 줄 필요가 있습니다."

* * *

숭양현과 양은현 사이의 산에 민란의 무리들이 자리 잡기 시작한 건 얼마 되지 않았다.

그리고 그들이 밥벌이 수단으로 선택한 건 바로 노략질이었다.

숭양현에서 양은현 사이로 넘어가는 길목을 오가는 이들을 덮쳐서 그 재물을 빼앗는 것.

처음이 힘들지, 그 후로는 거리낌이 없었다.

그러던 어느 날.

오십여 명 정도로 규모가 늘어난 그들은 처음으로 아주 큰 건을 성공시켰다.

그건 양은현으로 넘어가던 은해상단 일행을 습격한 것이다.

수레에 가득가득 쌓인 미곡들을 본 그들은 환호를 질렀다. 그 미곡이라면 한동안 배를 채울 걱정은 하지 않아도 될 정도니까.

게다가 약재들 중에도 제법 유용한 것들이 많았다.

솔직히 처음에는 보복하러 올 줄 알아서 조금 걱정되기도 했다. 하지만 몇 날 며칠이 지나도 그들을 토벌하려는 낌새는 보이지 않았다.

"이거, 재물을 포기한 모양인데?"

"하긴, 상단이 무슨 무력이 있어서 우리를 상대하겠어?"

"내 매운 화살 맛을 봤으니 얼씬도 안 하겠지."

그리고 곧 그들 사이에는 한 가지 생각이 자리 잡기 시작했다.

'노략질이라는 거 생각보다 쉽네?'

'이러면 구태여 농사지을 필요는 없잖아?'

'우리도 금방 부자가 될 수 있어!'

그렇게 그들은 적극적으로 노략질에 나서게 되었다.

그들이 엄청난 양의 미곡을 가지고 있다는 소문이 퍼지

면서 인근에서 그들과 합류하고 싶다는 무리들이 생겨나기 시작했다.

그렇게 점점 세를 불려 나갔다.

문제는 생각보다 빨리 식량이 줄어들기 시작했다는 것.

어느 날이었다.

망을 보던 이들이 부리나케 달려와 소식을 전했다.

"지금 당장 사냥 나갈 준비를 해야 합니다! 미곡을 실은 수레들이 오고 있습니다."

"뭐라고?"

"처음 보는 상단의 문양입니다. 하지만 표사들도 많이 보이지 않아서 쉬운 사냥감일 듯합니다."

그렇게 그들은 사냥이라 부르는 노략질 준비를 했다.

그때 뭔가 상황이 이상하다고 느낀 한 청년이 있었다.

"저기, 아저씨. 뭔가 수상하지 않나요?"

"뭐가?"

"솔직히 은해상단에서 저희를 그냥 내버려 두는 것도 수상한데 이 상황에서 또다시 대규모로 미곡을 실은 상행이 여길 지나간다고요?"

"그게 뭐?"

"은해상단이 털렸다는 거 소문이 났을 텐데…… 이거 아무래도 수상해요."

"그럼 어쩌자고? 이제 남은 식량이 닷새 정도밖에 안 되는데, 굶어 죽을래?"

"그건……."

"대책이 없으면 그냥 닥치고 있어!"

그들은 사기 충만한 채로 무기를 챙겨 들고 나갔다.

그들은 미리 만들어 놓은 산의 매복지에 숨어 때를 기다렸다.

달그락, 달그락,

수레바퀴 소리가 들리기 시작했고, 그들은 상대가 다가오기를 기다렸다.

그간 노략질을 하면서 나름 경험을 쌓은 덕분이다.

곧 수레가 나타났다.

"……!"

그걸 본 이들은 침을 꿀꺽 삼켰다.

어마어마한 곡식들.

'저게 다 곡식이야?'

'세상에나!'

'저거면 한 달은 식량 걱정은 하지 않아도 될 것 같구나!'

그리고 망을 보던 이들의 말대로 표사들도 그리 많이 보이지 않았다.

상행이 완전히 골짜기 안으로 들어오자, 우두머리가 자리에서 일어나 소리를 질렀다.

"쳐라!"

"와아아아!"

그 신호에 모두 무기를 들고 달려 나갔고, 표사들과 쟁자수들을 향해 무기를 휘둘렀다.

그런데.

챙-!

까앙-!

"뭐야? 이 자식들은?"

그들의 무기는 표사들의 검에 너무나도 쉽게 막혀 버렸다. 그리고,

서걱-!

"끄읍!"

표사들의 검은 순식간에 그들의 무기를 베고, 팔이나 다리를 베어 버렸다.

"표물을 노리는 도적떼다! 자비 없이 죽여 버려라!"

"네!"

이쯤 되자 노략질에 나선 이들은 뭔가 잘못됐다는 것을 깨달았다.

이대로는 전부 죽을 거라는 것도!

"퇴각! 퇴각하라!"

"으아아아악!"

"사, 살려 줘!"

그렇게 민란의 무리들은 허둥지둥 정신없이 도망쳤다.

"아이고, 이게 무슨 일이래요?"

곳곳에 부상을 입고 패잔병으로 돌아온 그들을 보며 산채에서 기다리고 있던 이들이 놀라서 달려 나왔다.

기세등등해서 나갔던 이들이 다 죽어 가는 꼴로 돌아왔으니 말이다.

순식간에 사기는 바닥에 처박혔다.

그들은 깨달았다.

녹림으로 사는 것이, 노략질이라는 것이 결코 쉬운 일이 아니라는 것을.

그리고 점점 그들 사이에서는 미래에 대한 걱정이 가득해지고, 절망이 자리 잡기 시작했다.

* * *

나는 검을 검집에 넣으며 말했다.

"작전 종료."

내 말에 내 주변의 이들이 무기를 갈무리하며 서로에게 말했다.

"수고 많으셨습니다."

"수고하셨습니다."

우리는 저 민란의 무리들을 낚기 위해 한 편의 연극을 한 것이다.

우리가 진심으로 저들을 토벌할 생각이었다면 저들의 목을 베지, 팔이나 다리같이 생명에 지장이 없는 곳을 골라 베지는 않았을 것이다.

그리고 이번 계획을 위해 나와 네 명의 호위를 비롯한 최정예 무사들과 표사들이 나섰다.

민란의 무리들에게 다치지 않고 매콤한 맛을 보여 주기 위해서는 개개인의 실력이 뛰어나야 했으니까.

그러나 아직 이걸로는 부족하다.

몇 번 더 실패해야 완전히 기세가 꺾일 터.

.

.

.

그 후로 사흘이 더 지났다.

이제 슬슬 저들의 식량이 다 떨어졌을 터.

즉, 대화를 시작할 때라는 거지.

이번 일을 위해 창인표국에서는 사부님이, 그리고 은해 상단에서는 내가 대표로 나섰다.

그렇게 민란의 무리들이 자리 잡은 산채로 향한 우리는 한 무리의 이들을 마주했다.

음?

나는 그들 중 한 청년을 보며 놀랄 수밖에 없었다.

아니, 저자가 왜 여기에 있는 거지?

아무튼 지금은 그게 중요한 게 아니다.

아니, 중요하긴 하지.

왜냐하면 저 청년은 지난 삶에서 대규모 민란의 무리를 이끌던 자였으니까.

저자의 이름은 경인죽(景仁竹).

소작농의 아들로 태어나, 그 부모가 마름에게 밉보이는

바람에 유랑민이 되었다.

그러다가 민란의 무리에 속하게 되었고 번번이 관군들의 허를 찌르는 작전을 펼치며 승승장구하였다.

하지만 그의 천하는 삼 년을 가지 못했다.

연이은 대패 소식에 화가 난 황제가 뛰어난 장군과 오만 명에 달하는 대군을 보내는 바람에 그대로 토벌당했으니까.

수장이었던 경인죽 역시 살아남을 수 없었고, 그 시신은 북경에 효수되어 까마귀 밥이 되었다.

비록 민란의 수괴였지만, 솔직히 그 재주가 아까웠다. 일찍이 다른 누군가의 눈에 띄어 그 재주를 펼칠 기회가 있었다면 그리 비참한 최후를 맞이하지는 않았을 테니까.

그리고 그 정도 대규모 무리의 수장이 될 정도라면 다른 곳에서 그 재주를 펼쳐 인정받는 삶을 살 수 있었을 텐데.

그런데…… 그 누군가가 내가 될 줄이야.

아무튼 저자가 있다면, 이번 협상에서는 긴장을 늦춰서는 안 된다.

"어서들 오시오. 이 산채의 주인 순대석이오."

우리는 미리 저들에게 협상을 위해 찾아오겠다고 화살에 서신을 묶어 전갈을 보냈다.

그러니 이렇게 우리를 마중하러 온 거겠지.

그나저나 참 많이도 마중하러 왔네.

아마도 우리를 에워싸는 것으로 위압감을 조성하려는 목적이겠지.

하지만 그건 일반 백성들의 생각이다.

절정 고수 한 명만 해도 삼류에서 이류 무사 백여 명을 감당하고도 남는다.

"창인표국의 곽명현이오."

"은해상단의 은서호입니다."

우리 역시 각자를 소개했다.

"협상을 위해 오신다고 한 분들이오?"

"그렇습니다."

"이쪽으로 오시오."

그들이 마련해 놓은 협상의 장은 산채 안이 아닌, 밖에 만들어 놓은 간이 탁자와 의자였다.

산채 안으로 들이지 않겠다는 건 그들의 사정을 알리지 않겠다는 거지.

누군지 모르지만 머리를 잘 썼네.

아마도 경인죽의 생각일 터.

대충 나무를 잘라 만든 것들이었는데, 그걸 바라보고 있자니 채주 순대석이 말했다.

"앉으시오. 아, 귀하신 분들이라 의자가 누추해 보이나 보오?"

그리고 내 비단옷을 보며 말했다.

"그쪽은 비단옷이 망가지게 될까 걱정되나 봅니다?"

"아닙니다. 그럴 리 있겠습니까?"

유치한 격장지계다.

나는 나무 의자에 털썩 앉으며 말했다.

"이렇게 탁자와 의자까지 만들어 놓으신 정성에 감동했을 뿐입니다. 이거 만드느라 꽤 힘이 드셨을 텐데 말입니다."

"그, 그건 그랬지. 험험."

"그리고 제 옷은 걱정하지 않으셔도 됩니다. 이런 옷이야 얼마든지 있으니까요."

내 말에 순 채주는 할 말을 잃었다.

사부님께서도 의자에 앉으셨다.

"앉으시지요."

"험험, 그러지요."

순 채주는 다른 이들을 부르지 않고 혼자 자리에 앉았다. 그러고 보니 순 채주의 성격이 좀 독선적이라고 했었나?

그래서 경인죽이 두각을 나타내지 못하고 있다가 순 채주가 죽으면서 경인죽이 전면에 나서게 되었고 그때부터 그의 진면목이 발휘되었다고 한다.

나는 저 뒤에 서 있는 경인죽을 보았다.

아까부터 안절부절못하고 있었다.

사부님께서 먼저 말을 꺼내셨다.

"우리 창인표국에서는 그대들이 빼앗아 간 표물에 대해서 사례금을 지급하고 물건을 찾으려 했소. 하지만 이미 그 표물들은 모두 소비되었을 거라고 생각하오."

"맞소이다. 그거 전부 우리 뱃속으로 들어갔지. 덕분에 잘 먹었소."

그 말을 받은 건 나였다.

"잘 드셨으니, 대가를 주셔야지요."

"대가?"

"진짜 녹림이 아니라서 잘 모르시겠지만, 표물을 돌려주지 못하거나 돌려줄 수 없는 상황이 된다면 표국과 상단에서 취할 방법은 하나뿐이죠."

나는 순 채주와 눈을 마주쳤다.

"바로, 전면전입니다. 산채를 싹 지워 버리는 거죠."

쾅!

그는 탁자를 주먹으로 내리치며 소리를 질렀다.

"지금 해 보자는 건가? 그래! 해 보지!"

나름대로 위압감을 주려는 행동이었겠지만, 사부님이나 나나 눈 하나 깜짝하지 않았다.

"거참, 성격도 급하시네요. 앉으세요. 아직 저희의 말은 끝나지 않았습니다."

"내가 왜 그쪽 말을 들어야지? 그거 아나? 내 말 한마디면 당신들은……."

후, 이러니까 지난 삶에서 단명했지.

나는 서우 무사에게 전음을 보냈다.

- 닥치게 좀 해 주세요.

내 전음에 서우 무사가 검을 빼어 옆의 나무들을 향해 휘둘렀다.

서걱.

단 한 번, 가볍게 검을 휘둘렀을 뿐인데 열서너 그루의 나무들이 그대로 베어져 쓰러졌다.

"……."

"당신 말 한마디면 뭐요?"

"아, 아무것도 아니오."

주춤거리며 조용해지는 순 채주.

그때 뒤에 있던 경인죽이 외쳤다.

"그런데 협상이라고 하면서 왜 이렇게 늦게 온 것입니까? 그건 우리가 그 쌀과 약재를 다 소비하기를 기다린 거 아닙니까?"

그 말에 순 채주가 얼른 말을 이었다.

"그, 그러고 보니 수상하군! 저 녀석의 말대로, 이건 고의적이라고밖에 볼 수 없소."

"그건 아닙니다."

나는 미소를 잃지 않았다.

"솔직히 저희는 당신들이 그 표물을 탈취하자마자 싹 먹어치웠을 거라고는 생각하지 못했습니다. 왜냐하면 일반적인 녹림이라면 얌전히 우리의 성의 표시를 기다리거든요."

나는 고개를 들어 뒤쪽의 이들을 보며 말했다.

"그리고 도망치는 이들을 굳이 추격하여 부상을 입히거나 하지도 않습니다. 누군가 죽는다면 그때부터는 단순히 돈이 오가는 것으로 해결되지 않는다는 것을 아주 잘 알고 있으니까요."

내 말에 그들 중 몇몇이 부끄러운 듯 고개를 숙였다.

"뭔가 이상하다 생각되어 당신들에 대해 알아보았습니다. 당신들은 일반적인 녹림이 아니라 녹림 행세를 하는 유랑민이더군요."

"……."

"사실, 당장 무사들을 동원하여 이곳을 토벌해야 한다는 의견이 많았습니다만……."

나는 의도적으로 말끝을 잠깐 흐렸다가 순 채주를 보며 말을 이었다.

"저희 은해상단의 상단주님께서는 참 인자하시고 자애로우셔서 말입니다. 그런 여러분의 안타까운 사정에 대해 아시고 한 가지를 제안하셨습니다."

"그 제안이 뭐요?"

"저희 은해상단에서 이번에 새로 농지를 매입했습니다. 그 농지를 여러분들에게 소작 맡기도록 하겠습니다."

"……!"

그들의 눈동자가 커졌다.

내가 봐도 파격적인 제안이니만큼, 저들 역시 깜짝 놀란 표정이었다.

"물론 저희 상단의 물건을 탈취하고 또 상단 사람을 다치게 한 죄가 있는 만큼 오 년 동안은 무료로 봉사해 주셔야겠습니다."

내 말에 경인죽은 소리쳤다.

"그럼, 그 오 년 동안 우리는 뭐 먹고 살라는 것이오?"

"당연한 의문입니다. 하여 그 오 년 동안 먹고 살 건 저희 은해상단에서 빌려 드리죠."

"빌려준다고?"

순 채주는 발끈했다.

"에라이! 우리가 왜 이런 꼴이 되었는데? 그 썩을 놈의 지주가 고리대를……."

"아, 물론 이해합니다. 하지만 저희는 그런 파렴치한 자들이 아닙니다. 오 년 동안 먹고 사는 것에 대해서는 이자를 붙이지 않을 테니까요."

이자를 붙이지 않는 것만 해도 저들에게는 감지덕지다.

"그리고 오 년 뒤, 그때부터 천천히 갚으시면 됩니다."

내 제안에 순 채주가 물었다.

"만약 우리가 그 제안을 받아들이지 않는다면 어쩔 셈이오?"

"별다른 방법이 있나요? 다른 녹림들에게 저희 상단과 창인표국이 만만하게 보이지 않기 위해서는……."

나는 빙긋 웃었다.

"말 안 해도 아실 거라고 생각합니다."

"……."

나는 거기까지 말하고 사부님 쪽을 보았다.

조용히 고개를 젓는 사부님.

더 하실 말씀이 없다는 뜻이다.

우리는 자리에서 일어났다.

나는 손가락 세 개를 펴며 말했다.

"사흘의 시간을 드리죠. 한 번 고민해 보시고 저희의 제안을 받아들이실 생각이 있으면 산채에 백기를 걸어 놓으십시오. 만약 사흘 후에도 백기가 걸려 있지 않다면 그땐 저희의 제안을 거절한 것으로 알겠습니다."

몇 걸음 걷던 나는 뒤를 돌아 마지막 한마디를 남겼다.

"잘 생각해 보세요. 녹림으로 사는 것도 그리 쉬운 일이 아니잖습니까?"

그렇게 우리는 그곳을 떠났다.

"과연 저들이 어찌 나올까요?"

사부님의 질문에 나는 확신을 담아 대답했다.

"저들은 결국 우리의 제안을 받아들일 수밖에 없을 겁니다. 왜냐하면 저들은 아직 녹림이 아니기 때문입니다."

흉년으로 인해 먹고 살길이 막막해 녹림의 길로 빠지게 되었지만, 자의로 그리한 것은 아니니까.

그러니 적당한 계기만 주어진다면, 다시 일반 백성이나 농민으로 돌아가는 건 어렵지 않다.

그래도 경인죽이 전면에 나서지 않아서 다행인가?

그가 전면에 나섰다면 우리 측에서 좀 더 얹어 줬어야 했을 테니까.

* * *

곽명현과 은서호 일행이 떠나고, 산채 안에는 적막이 감돌았다.

하지만 곧 그들 사이에서 의견이 분분하게 갈렸다.

"어떻게 해야 하는 거야?"

"나두 몰러."

"그런데 땅을 준다고 하잖아."

"오 년 동안 공짜로 부려 먹겠다는 거잖아."

"그래도 굶어 죽지는 않게 해 준다잖아."

"그런데 그 말을 믿을 수는 있는 건가? 말만 그렇게 하고 실제로는 노예로 부려 먹는다든지."

"……."

사람들이 갑론을박을 벌이자, 경인죽이 나서서 제안했다.

"아직 사흘 정도 시간이 있습니다. 그러니 은해상단에 대해서 알아보는 것이 어떻겠습니까?"

저번에 은서호의 작전에 대해 불안함을 표했던 일로 인해 집단 내에서 그 위치가 높아져 있었다.

하여 그의 의견은 즉시 받아들여졌다. 실제로 그의 말이 타당하기도 했고.

곧 그들은 열 명의 이들을 선발했고, 은해상단이 자리 잡은 곳인 숭양현으로 조사를 보냈다.

.

.

.

은해상단에 대한 조사 임무를 받아 숭양현에 도착한 이들은 곧 조사를 시작했다.

"저, 은해상단은 어떤 곳입니까?"

"은해상단 말이오? 그건 왜 물으시오?"

"그들의 땅에서 소작을 할까 하는데 그들이 소작농들을 착취한다는 말을 들어서 물어보는 겁니다."

그 질문을 받은 자의 얼굴이 험상궂어졌다.

"어떤 ×× 같은 씹어 먹을 새끼들이 그딴 소리를 한답니까? 누구요? 내 당장 도륙을 내 버려야겠소!"

격한 반응에 조사를 위해 온 이들이 오히려 당황했다.

"그, 그자는 내가 뭐라고 한마디 해 주도록 하겠으니 진정하시오."

그리고 은근한 말투로 물었다.

"그런데 정말 아니오?"

"은해상단만큼이나 좋은 지주는 없다고 단언할 수 있소. 보통 지주가 소출의 반을 가져가고, 거기에 세금도 소작농들에게 내라고 하지 않소?"

원래 세금은 지주가 내야 했지만, 세상에는 그리 좋은 이들만 있는 건 아니니까.

그리고 좋은 지주는 극히 드물고.

"그것도 모자라 종잣값도 따로 받고 물값도 따로 받는 이들도 있고 말이오."

"그렇지요."

그 말에 그들은 저절로 이가 갈렸다. 지주들의 그런 만행으로 인해 유랑민이 된 그들이니까.

"은해상단은 그렇지 않소. 소출도 사 할만 가져가고 세금도 은해상단에서 내지."

"종잣값은?"

"그런 건 당연히 은해상단에서 내죠."

"……."

"그뿐만이 아닙니다. 만약 소작농의 집안에 경조사가 있으면 은해상단에서 사람을 보내어 일을 도와줍니다. 그리고 돈이 모자라서 경조사를 챙기지 못하면 이자도 받지 않고 돈을 빌려주죠."

"……."

"또한 소작농이 억울한 일을 당하면 즉시 상단의 높은 사람이 지현을 만나러 갑니다. 그 덕분에 억울함이 풀린 이들이 한둘이 아닙니다."

"……."

그렇게 계속해서 은해상단에 대한 칭송이 이어졌다.

"은해상단이 아무리 좋아도 마름이 횡포를 부리면 어찌합니까?"

"상단의 높은 분이 불시에 검문을 하는데, 어느 마름이 감히 주인을 기만하는 짓을 합니까? 그러다가 뼈도 못 추릴 텐데."

"……."

그 말이 사실이라면, 하늘 아래 그렇게 좋은 지주는 없었다.

혹시나 하여 여러 사람을 찾아 물어봤지만, 대답하는 자들마다 한결같이 은해상단을 칭송했다.

"은해상단? 그러고 보니 은해상단의 은서호 셋째 소단주가 자신의 생일이라고 숭양현 전체에 음식을 돌렸지."

"음식을 말입니까?"

"덕분에 우리 아들이 죽다 살아났네. 그래서 지금도 계속해서 은해상단의 번영을 위해 치성을 드리고 있지."

"솔직히 그렇게 흉년이 심한데, 이 숭양현에서는 굶어서 죽은 자가 없는 건 은해상단 덕분이지."

"암! 그렇고말고."

조사를 하면 할수록 그들은 자신들이 살던 마을의 지주에 대한 원망이 새록새록 솟아오르기 시작했다.

그리고 은해상단의 아래에서라면 그들 역시 사람답게 살 수 있을 거라는 그런 희망이 보였다.

곧 그들은 산채로 돌아왔고, 자신들이 보고 들은 것에 대해서 보고했다.

* * *

은해상단과 창인표국에서 민란의 무리에게 준 사흘의 시간이 지났다.

나와 사부님은 직접 그들의 산채로 향했다.

우리 눈으로 그들의 의사를 확인하기 위해서이다.

일반적이라면 저들이 우리의 제안을 받아들일 건 확실

하다. 하지만 세상일이라는 것이 절대적인 건 없지.

만에 하나 저들이 우리의 제안을 거절한다면 더 이상 방법은 없다.

부디 그런 안타까운 일이 발생하지 않기를 바라며 산채로 향할 때 사부님께서 말씀하셨다.

"저기를 보십시오."

사부님께서 가리키신 곳을 본 나는 미소를 지을 수밖에 없었다.

저 앞에 백기가 보였다.

심지어 한 개도 아니고 수십 개의 백기가 산채 곳곳에 걸려 있었다.

무척이나 뚜렷하고 확실한 항복 의사 표현이었다.

"저들이 우리의 제안을 받아들여서 다행입니다."

내 말에 사부님께서 고개를 끄덕이셨다.

"저 역시 그리 생각합니다."

나는 금령을 통해 아버지에게 서신을 보냈고, 금령은 잽싸게 달려갔다.

그리고 약 일각 후.

금령은 아버지의 답장을 가지고 왔다.

"꾸이. 꾸이."

금령은 두 눈을 반짝이며 나를 보았다.

그래그래, 알았어.

금령에게 은자 하나를 내밀자, 금령은 은자를 낼름 받아 꿀꺽 삼켰다.

사부님께서 그런 금령을 보며 작게 감탄하셨다.

"이전과 달리 상당한 존재감이 느껴지는군요."

"그러면 혹시 다른 이들도 금령이 있음을 알 수 있나요?"

"그건 아닙니다. 오직 태음빙해신공을 익히 자들만 알아볼 수 있는 존재감이니 말입니다."

"그럼 다행이네요."

"그나저나 한호수에게서 이 정도의 존재감이 느껴지다니…… 놀랍군요."

나는 웃으며 말했다.

"전에 보니까 전음도 쓰더라고요."

사부님이 고개를 갸웃하셨다.

"그게 무슨 말씀이십니까? 전음이라니요?"

"네?"

그 말에 나는 당황하여 말했다.

"분명 금령이가 전음을 썼는데요?"

"한호수에게는 그런 능력이 없다고 알고 있습니다. 그리고 그런 기록 역시 본 적이 없습니다."

"……."

뭐지? 금령이 전음을 썼다고 착각했을 리는 없는데.

"하지만, 지금까지 그랬던 기록이 없었다고 그런 일이 없다고 단정 지을 순 없죠."

사부님이 미소 지으며 말씀을 이으셨다.

"지금까지, 한호수에게 그렇게 많은 은자를 먹인 전례

가 없었으니 말입니다."

"……."

하긴, 일전에 북해빙궁의 궁주님께 금령이 먹는 은자의 양에 대해 말했을 때 상당히 놀라시긴 했지.

금령에게 더 많은 은자를 먹이면 과연 어떤 능력을 사용할 수 있을지 궁금하긴 하네.

나는 금령의 꼬리에 묶인 아버지의 서신을 풀어 읽었다. 일전에 협상한 대로 진행하라는 내용이다.

나는 금령을 내 옷소매에 넣으며 말했다.

"그럼, 가시죠."

우리는 곧 산채에 도착했다.

"어서 오십시오."

산채의 이들이 우리를 맞이했는데, 사흘 전에 왔을 때 와는 딴판이었다.

굽실거리며 우리를 맞이했으니까.

"현명한 선택을 해 주셔서 감사합니다."

"그렇게까지 저희를 배려해 주시는데, 이를 따르지 않을 수 있겠습니까? 하하하."

"그렇죠."

나는 미소를 지으며 말했다.

"그럼, 다들 계약서를 써 볼까요?"

이번에는 산채 안으로 들어갈 수 있었다. 산채 안에는 내 생각보다 많은 여인과 아이들이 있었다.

그리고 그들의 안색은 생각보다 좋지 않았다. 그도 그럴 것이 내 계산대로라면 이미 저들의 식량은 다 떨어졌을 테니까.

"엄마, 배고파요."

"며칠만 참자."

"언제까지 참아야 해요? 이제 풀뿌리 죽 싫어요."

혹시나 해서 공력을 집중한 내 귀에 들리는 대화에 나는 한숨을 내쉬었다.

"왜 그러십니까?"

순 채주는 내 눈치를 보며 물었고, 나는 그에게 물었다.

"식량이 떨어진 지 며칠이나 되었습니까?"

"네? 그건 왜 물으시는지……."

"그냥 말씀해 주시지요."

"나흘째입니다."

"……."

내 생각보다 식량이 더 빨리 소진됐군.

그가 변명하듯 말했다.

"그게…… 사람들의 수가 늘어나서……."

"그래서 현재, 이 산채에 있는 이들의 수는 몇 명입니까?"

"약 삼백 명 정도입니다."

"그렇군요."

나는 팔갑에게 무언가를 지시했고, 여응암 무사를 호위

로 딸려 보냈다.

그러고는 몸을 돌려 모두에게 말했다.

"그럼, 지금부터 계약서를 작성하도록 하죠."

서탁이 마련되었고, 나는 그 앞에 앉아 미리 준비한 종이를 펼쳤다.

그리고 계약서를 작성하여 내밀었다.

"이 계약서의 내용은 다음과 같습니다."

나는 그들에게 계약서의 내용을 설명해 주었다. 이곳에 있는 농민들의 대다수는 글을 몰랐기 때문이다.

"……이런 내용인데, 혹시 글을 아는 자가 있으면 자세히 살펴보도록 하십시오."

내 말에 몇몇 이들이 다가와 계약서를 살펴봤지만, 그들 중에 경인죽은 없었다.

왜지? 설마 글을 모르는 건가?

내가 쓴 계약서를 검토한 그들은 고개를 끄덕였다.

"확인했습니다."

"문제없습니다."

"그럼, 여기 아래에 이름을 적고 수결을 하십시오."

내 말에 글을 아는 이들이 사람들의 이름을 적고 그 옆에 수결하게 했다.

그렇게 착착 일은 진행되어 갔고, 모든 이들의 수결을 받았을 때였다.

저 아래에서부터 수레가 올라오기 시작했다.

이에 사람들의 시선이 그 수레에 집중되었다. 나는 빙

긋 웃었다.

팔갑이 일을 제대로 했군.

지금 산채로 올라오는 수레에는 곡식이 실려 있다.

아까 팔갑에게 곡식을 구해 오라고 지시했는데, 가장 가까운 곳에서 곡식을 구해 온 모양이다.

"도련님! 저 왔습니다요!"

팔갑의 말에 나는 고개를 끄덕이며 대답했다.

"잘 했어."

그리고 사람들을 보며 말했다.

"우선 급한 대로 이 곡식들로 요기를 하십시오."

"이 곡식들은 대체 뭡니까?"

"계약서의 내용, 다들 알고 계시지 않습니까? 그리고 저희 은해상단은 계약한 것에 대해서는 어기지 않습니다."

"그럼…… 그러니까……."

"네. 이거 다 여러분들이 갚으셔야 할 겁니다. 그러니 부담 가지지 마십시오."

나는 말을 이었다.

"이 곡식들을 갚는 건 오 년 뒤의 여러분이지만, 지금 당장 굶어 죽으면 오 년 뒤의 미래도 없는 거 아닙니까?"

내 말에 사람들은 고개를 끄덕였다.

곧 산채 곳곳에 솥단지가 걸렸고, 밥을 짓는 연기가 피어올랐다.

그리고 미리 잡아 둔 것인지 들짐승의 고기로 밥에 곁

들어 먹을 다른 요리도 만들었다.

곧 밥이 익었고, 사람들은 식사를 시작했다.

거의 나흘 만에 먹는 식사다운 식사에 모두의 얼굴에는 웃음이 가득했다.

비록 미래의 그들이 갚아야 하는 곡식이지만, 그래도 저들은 희망을 본 것이다.

어느 정도 식사를 마쳤을 때.

나는 자리에서 일어나 경인죽에게 향했다.

"이름이 어찌 되십니까?"

"경인죽입니다."

"식사는 맛있게 잘 하셨습니까?"

"네. 덕분에 간만에 배를 채웠습니다. 소단주님께 감사드립니다."

소단주라…… 그 호칭에 나는 미소 지었다.

협상할 때 나는 이름만 밝혔지 일부러 내가 소단주라는 것은 말하지 않았었으니까.

숭양현 사람도 아니고, 타지에서 왔으니 나에 대해 몰랐을 터.

그런데 저리 부른다는 건…….

"제가 누군지 아셨나 봅니다."

"네."

그는 고개를 끄덕였다.

"소단주님의 제안에 대해 생각할 시간을 받은 저희는 숭양현에 사람을 보내어 은해상단에 대해 알아보도록 했

습니다. 그리고 그 와중에 알게 되었습니다. 셋째 소단주
님이시라는 것을요."

"그러셨군요."

"그런데 왜 저를 부르신 겁니까?"

"혹시, 글을 아십니까?"

내 물음에 그는 고개를 고개를 저었다.

"모릅니다. 가난한 소작농의 아들이 무슨 돈이 있어서
글을 배울 수 있겠습니까?"

"아예 모르시는군요."

내 말에 자존심이 상했는지 그가 작게 반박했다.

"아예 모른다고는 안 했습니다. 그래도 백여 글자는 압
니다."

그는 말을 이었다.

"학당에서 글을 배우는 이들을 살살 꼬드겨서 백여 글
자를 배울 수 있었습니다."

그 말에 나는 적잖게 놀랐다.

"그런데 그건 왜 물으십니까?"

"저번에 보니까 제법 날카로운 질문을 하시더군요."

"그땐 죄송했습니다."

"아닙니다. 모름지기 누군가와 협상을 할 때에는 최선
을 다해야죠."

나는 말을 이었다.

"그래서 말인데, 농사 말고 다른 것을 해 보실 생각은
없으십니까?"

"다른 것이라니, 무슨 의미이십니까?"

"상단의 소단주가 권하는 다른 일이라면 뻔한 것 아니 겠습니까?"

"그러니까…… 저보고 상단에서 일해 보라고 권유하시 는 겁니까?"

"그렇습니다."

지난 삶에서 대규모 민란을 이끌 정도의 능력도 있고, 관군들의 허를 찌를 정도의 지략도 있는 인물이다.

황궁에서 무관이 되면 대성할 능력이지만, 상단에서도 꽤 요긴하게 쓸 수 있을 터.

은해상단이 커 가면서 점점 부족해지는 건 사람이다.

그것도 신뢰할 수 있는 인재.

이런 이들을 많이 데리고 있을수록 천하제일 상단에 가 까워질 거다.

다른 사람도 아니고 내 눈에 먼저 발견되었으니 얼른 내가 꿀꺽해야지.

내 제안에 그는 고민하기 시작했다.

"물론 처음에는 잡일꾼부터 시작하게 될 겁니다. 솔직 히 출신이 불분명하니 말입니다."

"그건 그렇죠."

유랑민이 된 이상, 그의 출신은 불분명한 것이 되어 버 렸으니까.

그리고 은해상단에서 직원을 구할 때에는 생각보다 많 은 것을 따진다.

그만큼 기밀 유지가 중요한 일들이 많으니까.

"그러다가 적당한 때가 되면 견습행수가 될 수 있도록 힘을 써 보겠습니다."

나는 말을 이었다.

"물론 제가 힘을 쓰면 지금 당장 견습행수가 될 수 있습니다. 하지만 이왕 상단에서 일하시게 될 거라면 높은 곳에 올라가고 싶지 않습니까?"

"그건 당연합니다."

"이를 위해서라도 기초부터 탄탄히 쌓아 올라가는 것이 좋습니다. 잡일꾼으로 시작하여 모두에게 인정을 받고 신뢰를 쌓도록 하십시오."

나는 말을 이었다.

"그게 나중에 잡음도 생기지 않는, 좋은 방법입니다. 천천히 가더라도 확실하게 가야 하지 않겠습니까?"

그는 잠시 생각하다가 고개를 끄덕였다.

"확실히 소단주님의 말씀대로, 제 스스로 길을 닦고 사람들의 신뢰를 얻는 게 우선이겠군요."

"혹시 쓸 만한 이들이 있다면, 함께 가셔도 됩니다."

"그렇다면……."

그는 한 열 명 정도를 추천했다.

.

.

그날 밤.

우리는 아직 산채에 머무르고 있었다.

이곳에서 하룻밤을 지내고, 내일 상단에서 사람을 보내면 그들에게 인계해야 하니까.

나는 산채 주변을 둘러보고 있었다.

이전 삶에서 이곳은 민란의 무리와의 전투로 인해 불에 타고 초토화되었다.

그래서 민란의 무리는 아래로 이동해 세 개의 성을 규합해서 하나의 세력을 이루었다.

그 중심에 서 있던 자가 바로 경인죽이다.

그러니까 반드시 손에 넣어야 하는 인물인 거지.

이런저런 생각을 하던 중.

– 꾸익?

내 뇌리에 금령의 목소리가 들렸다.

– 뭐야? 왜 갑자기 전음을 보내는 건데?

내 물음에 금령은 내 소매에서 튀어나오더니, 바닥에 착 하고 착지했다.

그리고 꼬리를 흔들었다.

"음? 지금 나보고 따라오라는 거지?"

금령은 맞다는 듯 바로 움직였고, 나는 금령을 뒤쫓았다. 곧 어딘가에 도착한 금령은 앞발로 땅을 파기 시작했다.

파바바바박!

상당히 빠른 속도로 땅을 판 금령은 곧 입에 뭔가를 물고 나타났다.

"헐……."

나도 모르게 감탄이 나오고 말았다.

금령이 물고 있는 뿌리는 귀중한 약재였기 때문이다.

보윤근(保潤根).

약재지만 거의 영약 급에 필적한다.

저거 달여서 먹으면 몇 해 겨울은 너끈하게 버틸 수 있다. 물론 보약 중에서도 최상급 보약인 만큼 엄청 비싸다.

역시 금령. 비싼 건 기가 막히게 알아보는구나!

"이거 여기에 많아?"

금령은 고개를 끄덕였다.

그렇다면 잘 됐네. 안 그래도 지금까지의 추위는 장난으로 느껴질 만큼 앞으로 더욱 추워질 텐데.

상단 식구들 좀 먹여야겠네.

그리고 이 산채의 이들도 좀 먹일 생각이다. 이제 우리 상단의 소작농들인데 몸이 튼튼해야 열심히 일할 수 있을 테니까.

나는 금령에게 말했다.

"제일 좋은 거 세 뿌리 정도만 캐 올래?"

"꾸이?"

"사부님께 선물할 거야."

"꾸……."

"네가 찾았는데 왜 네 몫은 없냐고? 네 몫은 지금 네 입에 물려 있잖아."

"꾸이…… 꾸…….."

"아, 알았어. 몇 뿌리 더 줄게."

내가 이렇게 마음이 약하다니까. 그래도 이거 금령이 전부 먹어치울 수도 있지만 굳이 내게 알려 준 것을 보면 기특한 놈이긴 하다.

지난 삶에서는 여기가 완전히 초토화가 돼서 이게 발견되지 않은 거겠군.

지난 삶에서 이곳에서 보윤근을 발견했다는 소문을 듣지 못한 것을 보면, 이번에도 내가 오지 않았으면 언제 발견됐을지 모를 테고.

.

.

.

다음 날.

산채의 유랑민들은 짐을 꾸렸고, 상단에서 파견된 이들의 지시에 따라 이동하기 시작했다.

은해상단에서 매입한 농지로 향하는 것이다.

이곳을 떠나 전혀 모르는 곳으로 향하는 것임에도 그들의 얼굴에는 별로 걱정이 없었다.

그게 나와 은해상단에 대한 신뢰의 표시인 듯하여 왠지 뿌듯함이 느껴졌다.

사부님께서는 하실 일이 있다며 어젯밤 미리 떠나셨다.

그래서 바로 보윤근을 드렸는데, 매우 기뻐하셨다.

나와 사부님께서는 그런 거 먹지 않아도 몸 튼튼하게 잘 지낼 수 있지만 사부님의 부인이라든가 무공을 익히지 않은 이들은 이런 걸 먹어 두면 좋으니까.

"그럼, 우리도 갑시다."

내 말에 상단에서 일하기로 결정한 경인죽과 다른 청년들이 대답했다.

"알겠습니다."

우리는 상단으로 향했다.

나는 힐끔 뒤를 돌아보았다. 경인죽과 청년들을 보자 저절로 미소가 지어졌다.

훌륭한 인재들을 얻었고, 이렇게 민란이 커질 수 있는 싹 중 하나도 제거했으니 이게 바로 일거양득이지.

72장. 황제의 심부름

황제의 심부름

나는 잠시 틈을 내어 후원을 걷고 있었다.

물론 아침마다 무공 수련을 하고 있지만, 그래도 하루 종일 서류를 들여다보고 있으면 눈앞이 어질어질할고 온몸이 굳는 것 같은 느낌이란 말이지.

그래서 중간중간 이렇게 후원을 거닐며 몸을 풀어 주는 것이다.

"이제 날이 확연하게 풀렸습니다."

여웅암 무사의 말에 나는 고개를 끄덕였다.

봄이 되었다는 것을 증명하듯, 매화꽃이 피기 시작하고 있었다.

지난 겨울은 참 추웠지만, 금령이 찾아 준 보윤근 덕분에 상단 식구들 모두 무사히 겨울을 지낼 수 있었다.

나는 옷소매에 손을 넣어 금령을 쓰다듬어 주었다.

– 꾸이?

참 기특한 녀석이란 말이지.

이제 슬슬 북경으로 가야 할 때가 되었다.

서둘러 북경지부 건물을 완공해야 올해 내로 북경지부의 운영을 시작할 수 있을 테니까.

그리고 봄의 시작이라는 것은 춘궁기, 즉 보릿고개가 머지않았다는 뜻이기도 하다.

저번에 인근에서 가장 큰 민란의 세력들에게 농지의 소작을 맡기는 방법으로 와해시킨 후, 위협적인 집단은 나타나지 않고 있었다.

그도 그럴 것이 겨울은 이동하기 쉬운 계절이 아니니까.

길을 오가는 데 이골이 난 표사나 상인들도 힘든데, 일반 평민들에게는 더더욱 어려운 일이다.

길을 가다가 얼어 죽지 않으면 다행이지.

하지만 이제 날이 풀리면서 유랑민들의 이동이 자유로워진 데다가, 춘궁기로 인해 새로운 유랑민들이 발생할 가능성이 높다.

나라에서 나서서 구휼을 하고 있긴 하지만 한계가 있을 수밖에 없으니까.

그러니까 그 전에 잽싸게 북경으로 가야 덜 고생한다는 거지.

.

.

.

그날 저녁, 나는 업무를 마치고 아버지께 찾아가 북경으로 가겠다고 말씀드렸다.

"괜찮겠느냐? 지금 민심이 흉흉하다는 보고가 계속해서 들어오고 있는데……."

"그래서 지금 가야 한다고 말씀드린 겁니다. 점점 시간이 가면 갈수록 오가는 것이 더 힘들어질 수도 있기 때문입니다."

"그건 그렇지."

잠시 생각하시던 아버지께서 물으셨다.

"그래, 언제 갈 생각이냐?"

"열흘 안에 출발할 생각입니다."

그렇게 아버지의 승낙을 받고 일을 처리하던 중, 뜻밖의 인물이 나를 찾아왔다.

얼마 전, 내가 민란의 무리들을 와해시키고 상단으로 데리고 온 경인죽이다.

"어쩐 일이십니까? 요즘 바쁘다고 들었는데……."

"제가 아무리 바빠도 셋째 소단주님만큼 바쁘겠습니까?"

"하하하."

생각해 보니 그렇긴 하네.

경인죽, 그리고 그와 함께 온 청년들은 제각기 임무를 충실히 수행하고 있었다.

성실하게 일을 잘한다고 행수들 사이에서 칭찬이 자자

했다.

이렇게 몇 년을 열심히 일한다면 반발 없이 견습 행수
가 될 수 있을 거다.

"이번에 북경에 가신다고 들었습니다."

"네. 그렇게 되었습니다."

내가 북경으로 간다는 소식은 삽시간에 상단 전체로 퍼
졌다.

그도 그럴 것이, 이번에 북경으로 가면 한동안은 돌아
오지 못하게 될지도 모르기에 미리 만반의 준비를 하느
라 나와 함께 갈 모든 이들이 분주하게 움직였기 때문이
다.

그래서 경인죽도 이를 들은 거겠지.

"이번에 가시면 언제 돌아오십니까?"

"확신할 수 없습니다. 아마도 반년 정도는 있지 않을까
요?"

"그렇군요."

경인죽은 고개를 끄덕이더니 손에 들고 있던 것을 내밀
었다.

"이거 받으십시오."

"이게 뭡니까?"

"저와 녀석들이 첫 봉급을 조금씩 모아서 마련한 것입
니다."

나는 살짝 놀라며 그 주머니를 열어 보았다.

그 안에는 화섭자와 수통이 들어 있었다.

"이건 화섭자와 수통이 아닙니까?"

"장거리를 오갈 때 가장 중요한 것 중 하나가 바로 불씨와 물 아니겠습니까?"

"그렇죠."

불씨를 보관하는 화섭자와 물을 담는 수통.

어딜 가든 춥지 말고 목마르지 말라는 그 마음이 느껴져서 뭔가 뭉클해졌다.

"아주 유용하게 쓰이겠군요. 감사합니다."

그렇게 시간이 흘렀다.

운기조식을 마친 나는 자리에서 일어났다. 사부님께서는 딱 맞추어서 내 별당 안으로 들어오셨다.

"좋은 아침입니다."

"네, 사부님. 좋은 아침입니다."

사부님께서 호위들을 보자, 서우 무사는 가볍게 인사를 하고 명종 무사를 데리고 나갔다.

처음 명종 무사와 창운 무사는 내가 무공을 배울 때 자리를 비우는 것에 대해 의문을 제기했었다.

하지만 사부님의 눈빛을 보고는 그 뒤로 군말 없이 자리를 비웠다.

아무래도 사부님께서 기세로 그들을 눌러 버리신 듯했다. 역시 내공이 최고인가?

"그럼, 시작해 봅시다."

"네."

사부님의 말씀에 나는 검을 뽑았다. 그 순간 사부님의 신형이 나를 향해 쇄도했다.

나는 얼른 검을 들어 사부님의 공격을 막았다.

챙-!

채챙-!

그렇게 수십 번 검을 맞부딪혔다.

얼마 전 사부님께서는 나에게 새로운 검법을 가르쳐 주겠다고 하시면서 이를 위해 준비 과정이 필요하다고 하셨다.

하여 사부님께서 요구하신 건 지금까지 배웠던 진설십이식검법과 설혼검법을 모두 동원하여 사부님의 공격에 대응하고 또 반격해 보라고 하신 것뿐이다.

"헉, 허헉……."

그렇게 정신없이 움직일 때 팔갑이 종을 쳤다.

땡!

일각의 시간이 지난 것이다.

"저번보다 몸놀림이 더 자연스러워지셨습니다. 하지만 아직 동작과 동작의 연계가 부자연스럽습니다. 그건 아마도 동작을 계산하여 움직이기 때문인 듯합니다."

"그럼 계산을 하지 말아야 한다는 겁니까?"

나는 고개를 갸웃하며 물었다.

"전에 사부님께서 말씀하시길 적을 마주했을 때 적의 움직임을 분석하고 계산해야 효율적으로 싸울 수 있다고 하지 않으셨습니까?"

"맞습니다."

사부님께서 고개를 끄덕이셨다.

"그래야 불필요한 내공의 낭비를 막을 수 있으니까요. 하지만 그렇게 계산하여 싸우더라도 종내에는 모든 생각이 사라지는 무념무상의 경지에 이르렀을 때 한 단계 더 위로 올라갈 수 있습니다."

그 말씀에 나는 지난날을 떠올렸다.

은무검을 얻기 위해 광인 무사와 생사결을 펼쳤을 때 나도 모르게 무념무상이 되었지.

그리고 그때 나는 절정의 경지에 들어설 수 있었다.

"솔직히 그 경지가 높으면 높을수록 무아지경에 빠질 기회가 적어집니다. 그만큼 많은 것을 계산할 수 있게 되니 말입니다."

"그렇긴 하죠."

사부님의 말씀대로 그 후로 나는 무아지경에 빠진 적이 없었다.

그건 내 주변의 호위들 덕분에 그런 상황에 처할 일이 없었기 때문이리라.

그러면 호위들 없이 일 년 정도라도 강호행을 떠나 봐야 하나?

내 호위들이 들으면 기함할 만한 생각이 떠올라 나도 모르게 피식 웃었다.

그러나 불가능한 일이다.

내가 맡고 있는 이들이 얼마나 많은데 그걸 내팽개치고

어찌 강호행을 할 수 있을까?

나에게 무공은 내 스스로를 지킬 수 있는 호신의 수단일 뿐이다.

내게 가장 중요한 건 은해상단이니까.

"그럼, 이번에서는 소단주님이 먼저 오십시오."

"네!"

나는 검을 들어 사부님을 향해 달려들었다.

"하앗!"

까앙―!

사부님께서는 간단하게 내 검을 막으셨고, 다시 일각의 공방이 시작되었다.

잠시 후.

"하아, 하아……."

나는 마당에 드러누워 숨을 헐떡였다. 진짜 힘드네.

요즘은 이렇게 일각 정도 공방을 이어 가고, 사부님께서 조언을 해 주시고 다시 공방을 이어 가는 것을 반복했다.

그렇게 꼬박 한 시진을 채우고 나면 힘들어서 일어나 있을 힘도 없었다.

솔직히 이전까지의 수련보다 이게 더 힘들었다.

"고생하셨습니다."

나는 간신히 일어나 사부님께 포권하여 고개를 숙였다.

"가르침에 감사드립니다."

"내일 아침 일찍 북경으로 떠나신다고요?"

"그렇습니다."

"몸 조심히 다녀오십시오."

"네. 사부님께서도 보중하십시오. 그런데, 새로운 검법은 제가 북경에 다녀온 다음에 배우는 겁니까?"

내 물음에 사부님이 잠시 고민하다가 말씀하셨다.

"저도, 그랬으면 좋겠군요."

무슨 의미지?

* * *

곽명현은 은서호의 별당인 문곡당을 나서며 힐끔 뒤를 돌아보았다.

땅바닥에 주저앉아 팔갑이 건네어 주는 물을 마시고 있는 모습.

그가 은서호의 도움으로 얻은 조사님의 심득을 통해서 익힌 검법은 설풍궁의 궁주를 위한 검법이다.

그 검법을 은서호에게 전수하기 위해서는 필수적으로 선행되어야 할 것이 있었다.

그건 바로 초절정이라는 경지에 들어야 한다는 거다.

초절정의 경지에 이르지 않은 자가 익히기에는 상당히 위험했기 때문이다.

하여 지금 그는 은서호의 경지를 끌어 올리기 위해 집

중하고 있었다.

그때 그의 앞에 한 중년의 남자가 나타났다.

"곽 모가 은해상단의 외총관을 뵙습니다."

바로 외총관 고일평이었다.

"셋째 소단주님의 수련을 봐주시고 가시는 모양입니다."

"네."

고일평이 옅은 미소를 지으며 말했다.

"개인적으로 곽 표두에게 감사를 표하는 바이오. 사실 내가 익힌 무공은 극양의 무공이라서……"

"셋째 소단주님에게는 맞지 않는 무공이군요."

그는 고개를 끄덕였다.

"그래서 말인데, 마침 이리 만난 김에 물어보고 싶은 것이 있소."

"무엇입니까?"

"셋째 도련님께서 절정에 오르신 게 맞소?"

그 물음에 잠시 고민하던 그는 고개를 끄덕였다.

그런 그가 저렇게 묻는다는 건, 어느 정도 확신을 가지고 있다는 건데 그가 부인해 봤자 무슨 소용일까.

또한 그가 본 고일평은 상당히 강직한 자이다. 믿을만하다는 의미.

"과연! 그러하군요!"

그 표정을 보니 곽명현의 짐작대로였다.

문득 불길한 생각이 들어 그에게 물었다.

"혹시, 셋째 소단주님을 외총관의 후계로 삼으려 하시는 겁니까?"

그 물음에 고일평은 고개를 저었다.

"아, 그건 아니오. 이미 내 후계는 둘째 소단주님으로 낙점해 놓았소이다."

그럼, 일단 안심이다.

그는 말을 이었다.

"이 자리는 우직한 사람이 맡아야 하오. 셋째 소단주님의 능력은 외총관의 자리에 어울리지 않소."

외총관은 얼른 말을 이었다.

"아, 내 말은 셋째 소단주님이 우직하지 않다는 건 아니오. 그러니까……."

"외총관께서 무엇을 말씀하고 싶은지 이해했습니다. 다재다능하고 임기응변이 뛰어나다는 말씀이시겠죠."

"험험, 내 말이 그 말이오."

"저 역시 그리 생각합니다."

고일평이 말을 이었다.

"음, 곽 표두가 보기에 셋째 도련님께서 지금보다 더 높이 올라갈 가능성은 어느 정도일 것 같소?"

그 물음에 곽명현은 피식 웃으며 손을 내려다보았다.

아직도 얼얼한 느낌.

아까 은서호와 공방을 했을 때의 충격의 여파가 아직 손에 남아 있는 거다.

그 말은 즉, 이제 머지않았다는 것.

그러나 곧이곧대로 말해 주고 싶지는 않았다. 장난기가
돈 그는 고일평에게 말했다.

"그건, 비밀입니다."

"……."

"그럼 저는 이만."

곽명현은 살짝 당황한 고일평에게 포권하여 예를 갖추
고 다시 자신의 갈 길로 향했다.

사실 내공과 깨달음의 균형이 잘 맞아야 진정 뛰어난
고수가 될 수 있다.

그러나 지금까지의 그의 경험으로 미루어 볼 때 경지가
높을수록 더 중요한 건 깨달음이었다.

경지가 오르면 오를수록 내공이 쌓이는 속도는 빨라진
다. 하지만 그 이상의 내공은 쌓을 수 없다.

왜냐하면 단전의 크기라는 한계가 있었으니까.

그 단전의 크기를 넓히기 위해서는 환골탈태의 과정이
있어야 했다.

그렇다고 내공만 많거나 오래 무공을 익혔다고 해서 환
골탈태를 할 수 있는 건 아니다.

그러면 좋은 무공을 오래 익히면 누구나 할 수 있는 것
일 텐데 그러지 않으니까.

세상에는 평생 무공을 익혀도 일류에서 이류 사이에 머
무는 이도 있고, 나이가 적음에도 절정에 오르는 경우도
있다.

즉, 깨달음을 통해 환골탈태하여 그 단전의 크기가 커

져야만 진정한 의미로 한 단계 더 높은 경지에 이르렀다고 할 수 있는 거다.

물론, 영약을 통해 단번에 고수가 될 수도 있었다.

그러나 그런 영약은 무척이나 귀했고, 또 운 좋게 영약을 먹는다고 해도 그 내공을 받아들이기 위해서는 인간의 한계를 넘는 인내의 과정이 필요했다.

그건 아무런 준비도 없는 신체를 강제로 고수의 신체로 바꾸는 과정이다.

맨정신으로 버티는 건 너무나 고통스러웠고, 팔 할 정도가 그 과정을 이겨 내지 못하고 도중에 죽는다.

즉, 영약을 통해 고수가 된 이들은 독종 중의 독종인 거다. 아니면 운이 억세게 좋거나.

그렇다고 그게 깨달음 없이 얻어진 건 아니라고 할 수 있었다.

사람이 생사를 앞두는 것만큼 크게 깨달을 수 있는 기화는 없으니까.

아무튼, 그렇게 위험하기에 명문가에서도 영약의 사용에 주의를 기울이는 것이다.

사실 은서호는 청빙설매실로 인한 고통을 이기고 죽을 고비를 넘기며 그 체질을 고쳤지만, 곽명현은 그로 인해 내공이 쌓였다고만 알고 있었다.

아무튼, 그는 은서호가 깨달음을 통해 환골탈태를 했으면 했다.

이미 신체가 다음 경지를 위해 충분히 준비가 되었기에

별 고통이 없었으니까.

곽명현은 자신이 아끼는 제자가 그런 고통 없이 고수가 되었으면 하는 거다.

아무튼, 이제 은서호는 준비가 되었으니, 깨달음의 순간만 온다면 초절정의 고수가 될 수 있었다.

그리고 자신의 경험상 그 깨달음을 위해서는 그저 검을 휘두르고 또 휘두를 수밖에 없었다.

그러나 한편으로는 은서호에게 그런 깨달음의 순간이 오지 않기를 바라기도 했다.

깨달음을 통해 고수가 되는 것이 신체적으로는 고통스럽지 않다고 하지만…… 그에 못지않은 정신적인 고뇌가 수반되어야 하는 것이니까.

그는 자신의 귀하고 사랑스러운 제자 은서호가 그저 좋은 것만 보고 좋은 길만 걷게 하고 싶은 거다.

'후, 이게 사부의 마음인가?'

* * *

북경으로 출발할 날이 되었다.

새벽 일찍 출발하는 것이기에 어제 미리 가족들에게 다녀오겠다고 인사를 했다.

"도련님, 준비가 다 되었습니다요."

"응. 나갈게."

나는 호위무사들과 함께 차장으로 향했다.

현풍국의 이들은 미리 나와서 분주하게 움직이며 떠날 준비를 하고 있었다.

이번에 은월각에서는 현풍국의 거취에 대해서 본격적으로 논의하였고, 정식으로 현풍국을 북경에 두기로 결정하였다.

아무래도 제국의 수도임과 동시에 가장 번화한 도시인 만큼, 북경의 정세에 따라 상단의 흥망성쇠가 좌우될 테니까.

상단을 더 성장시키기 위해서 북경지부는 필수임과 동시에 매우 중요하다.

사실, 이 결정에는 나에 대한 아버지의 전언이 숨겨져 있었다.

"잘 부탁한다. 아들아."라는…….

"국주님 오셨습니까?"

"좋은 아침입니다."

나를 본 이들이 인사를 하며 나를 맞이했고, 나는 그들과 인사를 주고받으며 한 곳으로 향했다.

그곳에는 창인표국의 표두와 은풍대 삼 조의 조장인 정충 조장이 있었다.

정충 조장은 오랜만에 보네.

"오늘, 잘 부탁드립니다."

"여부가 있겠습니까?"

은풍대는 물론이고 표국의 이들과 안면을 트는 건 무척

이나 중요하기에 화기애애한 분위기를 만들며 그들과 인사를 나누었다.

"이제 출발해도 되겠습니까?"

정충 조장의 물음에 나는 팔갑을 보았고, 팔갑은 고개를 끄덕였다.

"네. 준비는 다 되었습니다요. 언제든지 출발하셔도 됩니다요."

"그럼 출발하죠."

"알겠습니다."

나는 현풍국의 각원들이 마차에 다 타는 것을 확인하고 내 마차로 향했다.

"잘 부탁드립니다."

내 말에 서우 무사가 대표로 대답했다.

"저희는 언제나 최선을 다해 주군을 호위할 뿐입니다."

"든든하네요."

내가 마차에 타자, 팔갑이 내 뒤를 따라 앞자리에 앉았다.

창문 너머로 호위들이 각자 말에 올라타는 것이 보였다.

삐이익! 삐이익! 삐이익!

호각 소리가 함께 표두의 목소리가 들렸다.

"출발!"

행렬이 북경을 향해 움직이기 시작했다.

나는 무의식적으로 아버지의 집무실 쪽을 보다가 눈이

휘둥그레졌다.

어?

집무실 창문을 통해 아버지께서 우리 일행이 본단을 떠나는 것을 바라보고 계셨기 때문이다.

상단의 규모가 커질수록 상단주의 위세 역시 강해지기 마련이다.

그런 만큼 상단주가 등장하면 이것저것 번잡해지기 마련이다. 그러니 일부러 오지 않으셨겠지.

나는 아버지를 향해 손을 흔들었다.

잘 다녀올게요. 아버지.

이번에는 아버지께서 상단주의 자리에 계실 때, 천하제일 상단주로 만들어 드리겠습니다.

．

．

．

북경까지 가는 길은 이제 워낙 많이 오가는 길이기에 익숙했다.

그래도 방심하지는 않았다.

언제 어디서 갑자기 일이 터질지 모르니까.

그나저나 금의위 대협들께서 올해도 열심히 강의 상류의 얼음을 깨신 보람이 있네.

덕분에 이번에도 하류에서 홍수가 일어나지 않았고, 그로 인해 이재민이 발생하는 일도 없었다.

홍수가 났다면, 이번 봄의 농사는…… 생각만 해도 끔

찍하네.

나의 개입으로 인해 지난 삶에서 모두를 괴롭게 했던 대규모 민란의 규모가 이번에는 커지지 않고 있다는 것에 뭔가 뿌듯함을 느꼈다.

그나저나 항주에는 언제쯤 가야 하나?

아직은 항주의 주루들이 벌어 놓은 돈이 많으니 주루를 싸게 넘길 것 같지는 않고…….

내년 봄쯤에 방문할까?

그리고 그때쯤이면 내가 꼭 손에 넣어야 하는 이들도 그쪽에 있을 테고 말이지.

아…….

그러고 보니 북경에 가면 황궁무공을 마저 익혀야 하는구나.

.

.

.

드디어 북경에 도착했다.

재빨리 움직인 덕분에 다른 일 없이 북경에 도착할 수 있었다.

그리고 아무리 배가 고프더라도 북경 근처에서 민란을 일으킬 자들은 없지.

"어서 오십시오."

북경의 지부장으로 내정된 은 지부장이 우리를 맞이해 주었다.

"다시 뵙게 되어 반갑습니다."

"여독이 쌓이셨을 텐데, 우선 쉬시지요."

"말씀만 감사히 받겠습니다."

하지만 나는 한가하게 여독을 풀기 위해 쉴 수 있는 그런 처지가 아니다.

이곳 북경에서 해야 할 일이 잔뜩 밀려 있으니까.

"우선 그동안 있었던 일에 대해 보고해 주셨으면 합니다. 저는 임시 처소에 있겠습니다."

"알겠습니다."

은 지부장이 나를 바라보는 눈빛이 뭔가 측은해 보였다. 내가 그렇게 안쓰럽게 보이나?

나는 곧바로 북경지부에 마련해 놓은 임시 처소로 향했다.

잠시 후.

은 지부장이 서류를 잔뜩 들고 내가 있는 임시 처소로 왔다.

"생각보다 무척 빨리 오셨군요."

"소단주님께서 오시자마자 보고하라고 하실 것 같아서 미리 준비해 놓고 있었습니다."

일전에 나에게 한 소리 들은 이후로 뭔가 영혼을 담아 일 처리를 하는 듯했다.

나는 서탁 위에 올려진 서류들을 하나하나 살피며 그에게 구두로 설명을 부탁했다.

그는 차분하게 핵심만 골라 설명해 주었다.

"……그런 것 때문에 생긴 법안이라고 생각합니다."

"그렇군요."

일 처리가 아주 마음에 드네.

"고생하셨습니다. 이번에 날을 잡아서 거하게 회식 한 번 하시죠."

나는 웃으며 말을 이었다.

"물론 술을 마시지 못해도 달콤한 음과(飮菓)라도 마시면 기분이 좀 나지 않겠습니까?"

"하하하. 그렇긴 하죠."

그렇게 은 지부장이 돌아가고, 나는 그가 가지고 온 서류들을 다시 한번 꼼꼼하게 살펴보기 시작했다.

그건 은 지부장을 믿지 못해서가 아니라, 전체적인 그림을 그리기 위해서였다.

지난 삶에서 내가 터득한 것 중 하나는, 큰일을 할 때 전체적인 그림부터 그려야 한다는 것이다.

그래야만 그 그림 안에서 우리 상단이 무엇을 취하고, 언제 움직여야 할지 생각할 수 있으니까.

그게 안 되어서 얻을 수 있는 이득을 얻지 못하는 건 참으로 슬픈 일이지.

하지만 그보다 더 중요한 건 얼마나 취해야 뒤탈이 없는지를 파악해야 한다는 거다.

일이 잘못되면 상단 전체가 풍비박산이 날 수도 있으니까.

현재 가장 중요한 사안은 바로 흉년과 금주령 그리고 민란이다.

　그건 내 예상대로이긴 한데…….

　내 예상 밖의 무언가가 없다는 것을 다행이라고 생각해야겠지.

　그날 저녁.

　나는 이필 무사를 통해 진영 대협에게 서신을 보냈다.

　봄이 되어 북경에 도착했는데, 황궁무공 수련은 언제부터 다시 시작할 수 있는지를 묻는 내용이었다.

　그런데 이필 무사는 뜻밖의 소식을 들고 왔다.

　"진영 대협은 현재 부재 중이시라고 합니다."

　"언제 돌아오신다거나 하는 것도 모르나요?"

　"예. 이미 한 달 넘게 부재 중이시라고 합니다."

　그러면 진영 대협이 오실 때까지 기다리는 수밖에 없군.

　황궁 무공을 빨리 배우고 싶긴 했지만, 진영 대협은 엄연히 금의위 소속으로 제법 바쁘신 분이다.

　그러니 내가 이해해야지.

　그나저나 내가 온 것을 황제 폐하가 아셨을 텐데 내일 아침 일찍 부르시는 건 아니겠지?

　설마…….

　아무리 그래도 며칠 쉬는 시간은 좀 주시겠지.

　라고 생각했지만,

"황제 폐하께서 부르십니다."

"……."

며칠 정도 쉴 시간을 주실 거라고 생각한 걸 무색하게 하시네.

이번에 나를 데리러 온 사람은 내관이었다. 황제의 지근거리에서 일하는 모습을 몇 번 본 적이 있다.

"채비를 하고 저를 따르시면 됩니다."

"알겠습니다."

나는 그리 말한 후 서둘러 황궁으로 갈 준비를 하였다. 황궁에 가는 것이니만큼 깨끗한 옷을 입었지만 보는 눈이 많으니 화려한 옷은 피했다.

"이렇게 내재께서 저를 직접 데리러 오시니, 감사하여 몸 둘 바를 모르겠습니다."

나는 우선 그 내관의 얼굴에 금칠을 찹찹해 주었다. 혹시라도 나에 대해 좋지 않은 선입견을 가지게 되면 여러모로 곤란해지니까.

황제 근처에서 일을 하고 있는 만큼 동창 소속일 가능성이 높다.

그러니 잘 구슬리면 쓸 만한 정보를 얻을 수 있을지도 모르고.

물론 동창 소속이면 그 입은 무척이나 무겁겠지만 어차피 나는 중요한 기밀 같은 것을 원하는 건 아니라서 말이지.

아주 사소한 것만 얻어도 충분하다.

"선협미랑으로 명성이 자자하신 분이, 너무 겸손하신 것 아닙니까?"

"하하하. 허명일 뿐인데 그리 치켜세워 주시니 부끄럽 습니다."

"저는 황제 폐하의 명을 따를 뿐이며, 소단주께서는 황 제 폐하께서 직접 불러 의견을 듣는 몇 안 되는 이들 중 한 분입니다. 그러니 좀 더 본인에게 자신감을 가져도 됩 니다."

그런데 왜 제 귀에는 "부려 먹기 좋은."이라고 들릴까 요?

"감사합니다. 그나저나 오늘 황제 폐하의 기분은 어떠 십니까?"

"그건 왜 물으십니까?"

"그야, 황제 폐하의 심기가 좋지 않다면 어떻게든 황제 폐하께 근심을 더해 드릴 일은 피해야 하지 않겠습니까? 그저 황제 폐하를 위한 충심에서 묻는 것뿐입니다."

"음…… 하긴, 은 소단주만큼 황제 폐하께 충심을 다하 는 분은 없긴 합니다."

그는 고개를 주억거리더니 조용히 말했다.

"요즘 황제 폐하의 심기가 그리 좋지는 않습니다. 황제 폐하의 기분이 좋았던 적은 드물지만…… 아시다시피 요 즘 그리 상황이 좋지만은 않지 않습니까?"

"맞습니다."

"그래서인지 더더욱 심기가 좋지 않으십니다. 게다가

진영 대협의 연락도 끊겨서 말입니다."

"네?"

그 내관이 고개를 갸웃하며 반문했다.

"아직 모르셨습니까?"

"……네."

"허허, 그렇군요. 사실 진영 대협의 연락이 끊긴 지 한 사흘 정도 되었다고 합니다."

나는 지금 두 가지 생각이 동시에 들었다.

진영 대협의 연락이 끊겼다는 건 뭔가 상황이 좋지 않다는 의미인데?

그와 동시에 그 입이 무거운 동창 소속의 내관이 왜 내게 진영 대협에 대한 정보를 주는 걸까?

그러나 이에 대한 의문을 풀기도 전에 우리는 황제 폐하의 집무실에 당도했다.

안에 고하자 곧 문이 열렸다.

나는 안으로 들어갔고, 부복하여 예를 올렸다.

"소상 은서호, 황제 폐하를 뵙습니다. 만세 만세 만만세!"

"고개를 들라."

"성은이 망극하옵니다."

나는 조심스럽게 고개를 들었다.

몇 개월 사이에 갑자기 늙으신 것 같네.

그만큼 이 제국의 상황이 좋지 않다는 거지.

"어제 왔다고 들었다."

"그러하옵니다."

"쉬지도 못했겠군. 그런데 이렇게 불러와서 미안하게 생각한다."

응?

지금 내가 뭘 들은 거지? 그 황제 폐하께서 사과하셨다고?

내 앞에 있는 분, 황제 폐하가 맞으신 거지?

혹시 이무기가 둔갑을 했거나 한 건 아니겠지?

그런 생각이 들었지만, 아까 내관이 해 준 말을 떠올리며 바짝 긴장했다.

그리고 확실히 얼굴에 수심이 드리운 것이 보였다.

"소상은 괜찮습니다. 그런데 요즘 일이 많이 힘드신 모양입니다."

"일이 힘들지 않은 적이 있긴 했을까?"

하긴, 그건 그렇지.

그렇다면 황제의 기분이 좋지 않은 이유는 진영 대협의 연락이 끊겨서인가?

혹시 아까 그 내관이 나에게 진영 대협의 연락이 끊겼다는 것을 말해 준 이유가…… 이건가?

나에게 해결해 달라고?

그때 황제의 말이 이어졌다.

"내가 너를 부른 것은 부탁이 있어서다."

갑자기 부탁이라고 하시니 부담스러워졌다.

그런데 이 상황에서 부탁이라고 하면 역시 진영 대협의 행방을 찾아 달라는 것이려나?

"내 오랜 벗이자 신하였던 자가 있네. 그자에게 서신을 전달해 다오."

"네?"

순간 고개를 갸웃할 뻔했다.

진영 대협의 행방을 찾아달라는 게 아니라, 단순히 황제의 벗이자 신하였던 자에게 서신을 전달해 달라고? 그걸 왜 나한테……

"왜 그러는가?"

"아무것도 아니옵니다."

"그래서, 내 부탁을 들어줄 수 있겠느냐?"

어려운 것도 아니지만, 애초에 황명을 거부할 수도 없는 노릇.

"소상은 황제 폐하의 신하이니, 그저 명하시면 됩니다."

"이리 가까이 오라."

"네."

나는 황제의 지근거리까지 다가갔고, 그 앞에 무릎을 꿇었다.

황제는 자신의 옷소매에서 서신을 꺼내었고 그걸 나에게 내밀었다.

"받거라."

"네."

내관을 통해서 건네는 것이 아닌, 황제가 직접 써서 봉한 서신이다.

그만큼 중한 것이라는 거겠지.

"그리고 여기, 그자의 인적사항과 거처가 적혀 있다."

이어서 또 다른 봉서까지 받고는 고개를 숙였다.

"성심을 다하겠습니다."

"아, 그리고 몸 조심 해라."

음? 이건 무슨 뜻이지?

．

．

．

나는 임시 처소로 돌아오자마자 팔갑에게 말했다.

"팔갑아. 짐 싸라. 내일모레, 출발할 거야."

．

．

．

그날 밤.

나는 약속한 대로 북경의 기루 중 하나를 빌려서 북경 지부 사람들을 위한 연회를 베풀었다.

오늘이 아니면 날짜 잡기가 상당히 애매해질 것 같단 말이지.

그리고 나는 일을 마저 처리하고 연회가 열리는 기루로 향했다.

그런데…… 뭔가 싸한 기운이 느껴졌다.

습격이다.

이를 알아차린 서우 무사와 진유 무사의 얼굴이 심각해졌다.

곧 복면을 쓴 이들이 나타나 우리 주변을 둘러쌌다.

"갑호 대형으로!"

서우 무사가 외쳤고, 여섯 명의 호위들은 일사불란하게 움직였다.

보통은 두 명이 짝을 지어 움직였지만, 황제가 나에게 하신 말씀이 있다.

몸 조심하라고.

그래서 여섯 명의 호위들을 전부 데리고 나왔는데 이런 일이 생긴 것이다.

호위들을 전부 데리고 와서 다행인가?

우리를 둘러싼 복면인들은 제법 많았다. 거의 스무 명 정도 됐으니까.

그들에게서는 분명한 흑도의 기운이 느껴졌다.

"단도직입적으로 말하지. 그 서신을 내놓아라."

"서신이라니요? 무슨 말씀을 하시는 건지 소상은 잘 모르겠습니다만?"

"시치미 떼지 마라! 네놈이 그 서신을 가지고 있다는 것을 알고 있다."

그 말은 즉, 황궁에 저들의 정보원이 있다는 의미다. 아니면 내가 황궁에 들어간 것을 보고 지레짐작했든지.

"아니, 답답해 죽겠네요! 대체 뭘 말씀하시는 겁니까?"

"황제가 네놈에게 맡긴 서신 말이다!"

딱 봐도 황제에게 우호적인 쪽은 아니네.

그렇다면 순순히 저들에게 내가 그 서신을 가지고 있다는 것을 밝힐 순 없지.

"그게 무슨 말씀입니까? 황제 폐하께서 제게 왜 서신을 맡기십니까? 소상은 그런 막중한 임무를 맡기에는 깜냥이 부족한 사람입니다."

"정말 없는 것이더냐?"

"아니, 진짜 답답해 미치겠네!"

"후, 정말 없나 보군."

"어찌할까요?"

"상관없다. 어차피 우리에 대해 알게 되었으니 살려 보낼 수는 없지. 죽여라!"

"네."

그들은 일제히 우리를 향해 달려들었다.

살 수 있는 기회를 줬는데 그걸 이렇게 걷어차네.

우리는 숫자가 상대보다 적지만, 절정 무사가 세 명이고 일류 무사가 네 명인데 말이지.

나에 대해 아예 모르는 건가?

지난번 낙양에서의 일이 딱히 비밀도 아니었고, 무림에 조금이라도 관심이 있다면 나와 서우 무사의 실력에 대해 알고 있을 텐데.

설마 모르나?

아니면 연관지어 생각을 하지 못했거나.

어쨌든 덕분에 저들이 내가 지닌 서신을 노리고 있고, 황궁 안에 첩자가 있다는 중요한 정보를 알게 되었다.

그러니까.

"되도록 생포하세요. 그렇다고 무리하다가 다치지는 마시고요."

"명을 따르겠습니다!"

그렇게 한바탕 싸움이 일어나며 소란이 벌어졌다.

당연히 내 호위무사들의 무위가 월등했기에 전세는 우리 쪽에 유리하게 흘러갔다.

그렇게 우리 쪽은 아무 피해도 없이 상대 쪽 복면인들만 몇 명 쓰러졌을 때, 호각 소리가 들리며 포졸들이 몰려왔다.

"제길! 후퇴한다!"

그들은 쓰러진 이들을 놔둔 채 잽싸게 도망갔다.

엄청 빠르네.

포두가 다급히 내 일행에게 다가오며 물었다.

"괜찮으십니까?"

"네. 괜찮습니다."

"무사하셔서 다행입니다. 그리고 저…… 죄송하지만, 현청까지 같이 가 주셔야겠습니다."

포두의 말에 나는 고개를 끄덕였다.

귀찮지만, 절차가 절차인 만큼 어쩔 수 없다.

전에 북경에서 얼떨결에 반란군에 의해 공격을 당했을 땐 금의위 대협들과 함께 있었기에 알아서 처리해 주셔서 내가 굳이 현청에 갈 필요가 없었다.

하지만 이번에는 경우가 다르니까.

포두는 우리가 제압한 이들을 일별하며 외쳤다.

"저들을 포박하라!"

"네!"

그래도 다행인 건 우리가 제압해 쓰러트린 이들 대부분이 살아 있어서 생포가 가능하다는 거다.

"아, 이왕이면 재갈도 물리십시오. 혀를 깨물어 자진할 수도 있습니다."

"그래야겠습니다."

포두는 좋은 생각이라는 듯 포졸들에게 다시 명령했다.

그리고 우리는 현청으로 향했다.

지현은 포두와 함께 온 우리를 보고는 깜짝 놀라서 달려왔다.

그와는 구면이니까.

"아니! 이게 어찌 된 일입니까?"

"사실, 복면인들에게 습격을 당했습니다."

"네? 습격이라고요?"

"예, 스무 명 정도 되었는데, 저희를 습격했다가 포졸들이 나타나자 도주했습니다. 그래도 다행히 습격자 중에 몇 명은 생포할 수 있었습니다."

재갈이 물린 채 포박당해 끌려 온 그들을 일별하며 지현은 혀를 찼다.

"아무리 그래도 그렇지. 그 용봉비무회의 영웅인 선협 미랑과 백접검웅을 습격하다니! 자살행위가 따로 없군요."

그 말에 제압당한 그들의 눈이 커졌다.

반응을 보니, 나와 서우 무사에 대해 전혀 몰랐나 보네.

"저, 그럼 번거롭겠지만 조서 좀 부탁드립니다."

"알겠습니다."

그렇게 조서를 작성하고 나서야 우리는 연회가 벌어지는 주루로 갈 수 있었다.

"무슨 일 있으셨습니까? 늦으시길래 걱정했습니다."

은 지부장의 말에 나는 멋쩍게 웃으며 답했다.

"일이 좀 많았습니다."

도중에 습격을 당했다는 말을 해서 분위기를 깰 필요는 없었으니까.

다친 사람도 없고 말이지.

"그러셨군요."

나는 괜찮다는 듯 웃으며 기루 안쪽을 살폈다.

상단 사람들이 예기들의 춤과 연주를 보며 연회를 즐기고 있었다.

물론 술은 없다.

하지만 음식들도 맛있는 데다가 음과도 같이 있으니 괜찮을 거다.

음과는 물과 꿀을 넣고 말린 과일을 넣어 색과 새콤함, 그리고 향긋함을 더한 마실 거리다.

나는 그들에게 다가가며 물었다.

"연회는 즐거우십니까?"

"아! 소단주님!"

"어서 오셔서 이거 한 잔 받으십시오. 아주 기가 막히게 맛있습니다."

"아, 한 잔 주십시오."

나는 음과를 한 잔 받아 마셨다. 맛있긴 맛있네.

"그럼 즐거운 시간 보내십시오. 저는 이만 가 보겠습니다. 지부장님께서는 저와 함께 가시죠."

내 말에 은 지부장은 얼른 대답했다.

"알겠습니다."

어떤 연회이건, 윗사람과 함께해서는 즐거운 시간이 될 수 없다.

풀어 줄 땐 적당히 풀어 줘야지.

그리고 술이 들어가면 정신을 놓고 사고를 칠 가능성이 높지만, 술이 없으니 그럴 가능성도 별로 없고.

음, 맨정신으로도 사고를 칠 수 있긴 한가?

그렇게 되면 나야 좋지.

더 큰 사고를 치기 전에 거를 수 있으니까.

"그럼 적당히 즐기다가 돌아가십시오."

그리고 내가 일 층으로 내려가자 기루의 루주가 공손히 인사를 해 왔다.

그로 그럴 것이 금주령을 내린 이후로 매출이 악화일로인 상황에서 이렇게 대규모 회식이니 말이다.

루주의 입장에서 정말 은혜를 입은 기분일 거다.

"저희 주루를 선택해 주셔서 감사합니다."

"평소 이 주루의 음식들이 맛있어서 이번에도 찾은 것뿐입니다."

"감사합니다. 저희 주루 숙수의 솜씨는 일품이지요."

당연하지.

전직 황궁 숙수 출신인데.

물론 그 사실은 현재 아무도 모르지만.

나중에서야 그 사실이 밝혀졌는데, 황궁 숙수라는 명예를 버린 것에 대해서 의문을 가진 이들에게 그 숙수가 말했다.

"맛있는 음식을 만들면 뭐합니까? 음식을 즐길 분이 제대로 즐길 수 없는데."

황궁의 일이니 자세히 말해지 못해서 그 궁금증만 자아낼 뿐이었고 이에 대해 이런저런 추측들만 무성했었다.

훗날, 나와 친분이 있던 진승왕과 대화를 나누다가 우연히 이에 대한 이야기가 나온 적이 있었다.

"그 숙수의 말이라면 일견 이해가 가네."

"그렇습니까?"

"그래. 황궁의 음식이다 보니 절차가 참으로 복잡해. 우선 매일 만드는 음식에 대해서는 재료부터 요리 방법까지 모두 기록해야 하지."

"그건 당연한 것 아닙니까?"

"그렇지. 하지만 그게 다가 아닐세. 폐하께서는 수많은 음식을 직접 집지 않으시지. 폐하께서 음식을 지목하면 내관이 직접 그릇에 덜어 폐하의 앞에 가져다 드리네. 그런데 말이지, 폐하께서 세 번 정도 지목한 음식은 그 후로 다시 올릴 수 없다네."

"……독살 때문입니까?"

"그렇다네."

진승왕은 고개를 끄덕이며 말을 이었다.

"그가 만드는 음식의 대부분이 맛있다는 이유로 더 이상 올라가지 못하니 얼마나 분통이 터졌겠는가?"

그 말에 나는 자신의 재능을 발휘하지 못해서 황궁을 뛰쳐나온 숙수도 안쓰러웠지만, 맛있는 음식을 마음 편히 즐기지 못하는 황제도 참 안쓰럽다는 생각이 들었다.

그래도 결과적으로 그 숙수가 이렇게 주루의 숙수가 되어 자신의 재능을 발휘해서 행복하고 그 음식을 먹는 이들도 행복하고.

서로가 좋은 일이다.

나는 루주에게 말했다.

"그럼, 잘 부탁드립니다."

"여부가 있겠습니까?"

"아, 그리고……."

나는 주변을 살피고는 그에게 다가가 속삭였다.

"밀주가 있음을 알고 있습니다."

내 말에 그는 움찔했다.

이 주루에는 만약을 위해 만들어 좋은 술이 있었고, 북경의 고위 관리들에게 몰래몰래 제공하곤 했다.

하지만 그게 걸리는 바람에 크게 곤욕을 치렀고, 그 와중에 이곳의 숙수가 전직 황궁 숙수였음이 밝혀진 것이었다.

솔직히 안타까운 일이긴 했다.

북경에서 기루를 운영하면서 고위 관리들의 눈치를 보지 않을 수는 없는 일이니까.

하지만 그게 걸렸을 때, 크게 벌을 받은 건 루주이고 그 관리들은 가벼운 질책만 받았을 뿐이니 말이다.

내 말에 그가 작은 목소리로 물었다.

"제공…… 해 드릴까요?"

"큰일 날 소리를 하시는군요."

"……."

"혹시 술을 원해도 절대 내주지 마십시오. 그리고 지금 연회장에 있는 이들 중 만약 도를 넘는 요구를 한다면 그자의 신분을 제게 알려 주십시오."

"네?"

"그리고 한 가지 더 충고를 한다면…… 술 창고에 불을 질러 버리는 것도 좋겠군요."

"……."

"그럼, 저는 이만 가 보겠습니다."

그리고 은 지부장과 함께 그 주루를 나섰다.

.

.

.

임시 처소에 돌아온 나는 씻고 침의로 갈아입었다. 그리고 침상에 눕기 전 다탁 앞에 앉았다.

그리고 품에서 두 개의 봉서를 꺼냈다.

황제가 나에게 이 두 개의 봉서를 맡기면서 평소와 다른 모습을 보였었지.

미안해하셨던 모습.

이미 황제는 알고 계셨던 거다. 이걸 가지고 있다는 것만으로도 목숨이 위험할 것임을.

아니, 대체 이 서신이 뭐기에 습격을 당한 것일까?

마음 같아서는 서신을 뜯어보고 싶었지만, 그건 예의가 아니지.

내가 아는 황제는, 이 서신을 미리 뜯어봤을 때 이를 알아차릴 수 있는 장치를 마련해 두었을 것이 분명했다.

그렇기에 전해야 하는 서신은 내려놓고, 인적사항이 적

힌 봉서를 꺼내 뜯었다.

찌이익.

봉서를 뜯고 그 안의 내용을 읽어 보았다.

응?

감숙성?

제국 북서쪽 끝의 그 감숙성?

이제 막 북경에 올라왔고, 북경에서 해야 할 일이 태산인데 감숙성에 다녀와야 한다고?

젠장.

이럴 줄 알았으면 싫다고 할 걸 그랬나?

하지만 내가 무슨 힘이 있어서 황제의 명령, 아니 부탁을 거절할 수 있을까?

하아.

가볍게 한숨을 내쉬며 인적사항을 살폈다.

서신을 받을 사람은 감숙성의 방효명이라는 인물이었다.

그런데 단순히 서신 전달만 부탁받은 내가 북경에서 습격을 당할 정도인데 이분은 괜찮은 건가?

어쩌면 방효명 노사께서도 의문의 무리에 의해 목숨의 위협을 받으실지도 모르는 것 아닌가?

그런 생각을 하며 뒷장을 펼쳐 보았다.

"……."

그건 황제가 나에게 보내신 서신이다. 그 서신을 읽던 나는 뭔가 머쓱해졌다.

지금쯤 자신을 욕하고 있을 게 분명하다면서, 이는 어쩔 수 없는 선택이라고 하셨다.

대신 북경지부 건립에 대해 최대한 지원해 주시겠다고 하셨다.

즉, 내 봉사에 대한 대가인 것이다.

에휴…… 뭐, 어쩔 수 없나.

나는 귀밑을 긁적이며 한숨을 내쉬고는 팔갑을 불렀다.

"팔갑아!"

"네, 부르셨습니까요?"

팔갑은 내가 부르자마자 즉시 모습을 드러냈다.

"아직 안 자고 있었어?"

"왠지 오늘 밤 출발하자고 하실 것 같아서 말입니다요. 그래서 미리 출발할 준비를 해 놓고 있었습니다요."

"……."

살왕이 남긴, 살왕지로라는 무공서를 익힐수록 팔갑은 더욱더 완벽한 시종이 되어 가고 있다는 건 내 착각이 아니겠지?

"그럼, 호위무사님들을 부를까요?"

"어. 그리고 은 지부장님하고 정충 조장님도 모셔와."

"알겠습니다요."

팔갑은 즉시 움직였다.

아무리 생각해도 지금 움직이는 편이 저들의 허를 찌를 수 있을 것 같단 말이지.

곧 은 지부장과 정충 조장이 달려왔다.

나는 그들에게 핵심만 골라 짧게 설명했다.

황제의 서신이라 자세히 설명할 수도 없고.

"하여, 오자마자 다시 떠나게 되어서 죄송하게 생각합니다."

"아닙니다. 어쩔 수 없는 일이지 않습니까? 그런데 어디로 떠나십니까?"

"광동성입니다."

"엄청 멀리 가시는군요."

사실 광동성으로 가는 건 아니지만, 그런 말이 있잖은가?

적을 속이기 위해서는 아군을 먼저 속이라고.

"대신 황제 폐하께서 북경지부 건립에 관해 최대한 지원해 주시겠다고 하셨습니다."

"그렇습니까?"

"그럼요. 광동성까지 다녀오는 건데 그 정도 대가는 받아야 수지타산이 맞지 않겠습니까?"

"하긴, 그렇습니다."

"그럼 저는 두 분만 믿고 다녀오겠습니다."

그날 밤.

나는 팔갑과 여섯 명의 호위무사들만 데리고 은밀히 북경을 떠났다.

당연히 목적지는 감숙성이다.

* * *

다음 날.

북경의 한 인적 드문 장원.

그곳으로 한 남자가 후다닥 달려 들어갔다.

"긴급 사안입니다!"

"무엇이냐?"

"그가 지난밤에 떠났다고 합니다."

그 보고에 그는 이를 갈았다.

"며칠 뒤에 떠날 거라 생각했는데!"

"……."

"반드시 그가 지닌 서신이 그자에게 전해지지 못하도록 해야 한다. 그 서신이 그자에게 전해진다면 우리의 계획에 차질이 생기게 된단 말이다!"

그 말은 즉, 황제와 눈치싸움을 하면서 쌓아 온 것들이 무너지게 된다는 의미다.

그런데 왠지 그를, 은서호라는 자를 막는 것이 쉽지만은 않을 것 같다는 예감이 들었다.

'여우 같은 황제에게 당했군!'

어젯밤 은서호를 습격했던 이들이 성공하기는커녕 몇 명이 붙잡히고 겨우 도망쳤다고 한다.

하여 이에 신경 쓰느라 정작 은서호의 동태에 대해 감시를 소홀히 한 것이 패착이었다.

"그래서, 어디로 갔는지 행선지는 알아 왔느냐?"

"네! 광동성으로 간다고 합니다."

"지금 당장 추격대를 보내라."

* * *

우리의 행선지는 감숙성.

산서를 지나 녕하를 건너는 것이 최단거리긴 하지만 산세가 매우 험하다.

그렇게 가려면 북경의 태산은 물론 산서 북쪽의 항산, 오태산 등을 넘어야 하기 때문이다.

해서 우리가 선택한 길은 하북 남쪽으로 내려가 개봉에서 배를 타고 황하를 거슬러 올라가 감숙성의 난주까지 가는 것이다.

또한 처음에는 남쪽으로 가는 길이다 보니 우리를 쫓는 이들에게 진짜 광동성으로 가는 것이라고 믿게 만들 수도 있으니까.

그리고 경공을 써서 전력질주하는 게 아닌 이상, 말을 타고 육로로 달리는 것보다 배를 타고 이동하는 게 더 빠르게 편하다.

그게 강을 거슬러 올라가는 것이라고 해도 말이지.

우리를 추격하는 자들이 있는 만큼, 그들을 따돌리려면 빨리 가는 게 우선이다.

또한, 곳곳에서 민란이 일어나기 시작한 상황이라는 것도 육로를 피하는 이유 중 하나.

그렇게 북경을 떠나온 지 한 사나흘 정도 되었을 때 우리는 슬슬 개봉을 앞두고 있었다.

개봉은 옛 제국의 수도였던 곳인 만큼 유적지도 많았고 그만큼 번화한 곳이기도 했다.

강을 끼고 있는 만큼 장시도 크게 서는 곳이다.

우리는 개봉에 도착하자마자 배편을 알아보기로 했다.

배편을 알아보는 건 직접 발로 뛰는 방법도 있지만 가장 편한 방법은 나루터에 있는 객잔을 끼고 알아보는 것이다.

나루터 근처의 객잔들은 전문적으로 배를 알선해 주는 역할도 했기 때문이다.

우리는 그 객잔들 중 가장 크고 화려한 객잔으로 향했다. 추적을 당하는 중이라고 해도 안락한 잠자리와 따듯한 식사를 포기하기에는 슬프잖아.

그리고 그 어떤 추격자가, 우리가 이렇게 당당하게 최고급 객잔에서 묵는다고 생각하겠어?

그리고 밤에 몰래 출발한 덕분에 추적자들과 거리 여유도 좀 있을 터.

"어서 오십시오."

우리가 객잔에 들어가자 점소이가 우리를 맞이했다.

"말은 저희에게 맡기시고요."

"아, 감사합니다."

그는 우리에게 말을 구분하는 표식을 주었다. 그 표식으로 나중에 말을 찾는 거다.

우리는 안으로 들어갔고, 객실을 담당하는 점소이에게 다가갔다.

이번에는 팔갑과 서우 무사에게 맡기지 않고 내가 직접 점소이를 상대했다.

"며칠 묵으려 합니다."

"아, 혹시 배를 찾으십니까?"

"네."

며칠 묵을 것이라 말하지 않고 두루뭉술하게 말하는 건 언제 배가 뜰지 모르기 때문이다.

"알겠습니다. 우선 어떤 방을 원하십니까?"

"혹시 저희 여덟 명이 함께 묵을 수 있는 방이 있습니까?"

"열 분 정도가 묵을 수 있는 큰 객실이 있긴 합니다만, 아시다시피 그런 방은 최상급 아니면 최하급이죠."

그 점소이는 웃으며 말을 이었다.

"물론 손님께서는 최상급을 원하시겠죠. 하룻밤에 은자 석 냥입니다."

숙박료치고는 상당히 비싸지만, 이런 고급 객잔의 최상급이라면 당연히 그 정도 한다.

"그 방으로 하죠. 아, 그리고 감숙의 난주로 가는 배를 알아봐 주십시오."

"알겠습니다. 방값은 선불입니다. 내일도 묵으시려면 점심을 먹기 전에 알려 주시고 방값을 선불로 지불하시면 됩니다."

나는 즉시 방값을 치렀다.

호출을 받고 온 점소이가 우리를 안내했고, 우리는 객잔의 최고층에 있는 객실로 향했다.

"이곳입니다. 저희 객잔에서 가장 넓고 좋은 곳이죠."

열 명까지 함께 묵을 수 있는 최고급 객실이라서 그런지 모든 것들이 고급이었다.

그리고 가운데 공용 공간이 있고 좌우로 네 개의 방이 있었다.

"와! 엄청납니다요!"

팔갑이 그리 감탄할 정도로 화려하기도 했는데, 이런 방에서 처음 묵어 보는 것인지 명종 무사와 창운 무사는 휘둥그레진 눈으로 방을 구경했다.

나는 피식 웃으며 점소이에게 은문 하나를 건넸다.

"이곳에 머무는 동안, 잘 부탁합니다."

"여부가 있겠습니까? 제가 필요하면 언제든 여기 설렁줄을 당기시면 됩니다. 그럼 편히 쉬십시오."

점소이가 공손히 인사하며 나갔고, 나는 일행들에게 말했다.

"오늘은 편히 쉬시죠. 내일부터는 조금 바빠질 테니까요."

"알겠습니다."

방은 네 개가 있으니, 방 하나는 나와 팔갑이 쓰고 나머지 방은 여섯 무사가 나누어 쓰도록 했다.

.

.

다음 날,

아침을 먹기 위해 일 층으로 내려갔을 때 점소이가 나에게 다가왔다.

"손님, 감숙성으로 가는 배편을 알아봐 달라고 하셨죠?"

"네. 맞습니다."

"내일 아침 일찍 감숙성 난주로 가는 배가 있습니다."

그리고 우리에게 서류를 내밀었는데 그 서류에는 그 배의 전체적인 그림과 선장의 경력 및 선원이 몇 명이 타는지, 승선 인원이 몇 명인지 등등이 적혀 있었다.

선장과 선원을 빼고 오십 명이 타는 배이다.

난주까지 가면서 먹을 식량이나 짐을 생각하면 제법 큰 배네.

아무튼, 시간적으로도 딱 좋다.

"좋습니다. 이 배로 하죠."

"승선 인원은 몇 명이십니까?"

"여덟 명입니다. 그리고 말도 여덟 필 있습니다."

"그렇게 준비해 놓겠습니다."

점소이와 배에 관해 몇 가지 이야기를 나누고는 아침을 먹기 시작했다.

내일 아침에 출발하는 거면, 좀 서둘러야 했다.

준비할 것은 그리 많지 않지만, 손 쓸 게 있으니까.

아침을 먹은 우리는 개봉의 번화가로 나갔다.

개봉의 번화가도 제법 볼 만했다.

"항주와 좀 분위기가 비슷한 듯합니다요."

팔갑의 말에 나는 고개를 끄덕였다. 하지만 차이점이
있다.

항주가 주루들이 유명하다면, 이곳은 다루가 유명하
다. 옛 수도였다는 자부심 때문인지 술보다 차를 즐겼기
때문이다.

그래서 시인이라면 이곳의 다루에서 차를 마시며 시를
읊어 봐야 한다는 말도 있을 정도이다.

그리고 호북에서 멀지 않아서 지난 삶에서도 종종 온
곳이다.

그래서 이곳의 지리는 나에게 익숙하다.

"저곳에서 육포를 좀 사면 되겠군요."

"저런 곳에 건조 식량을 파는 상점이 있을 줄은 몰랐습
니다."

서우 무사가 감탄했다.

우리가 이곳저곳을 돌아다니다가 우연히 그 상점을 발
견했다고 생각했지만 아니다.

일부러 그 상점으로 이끈 것이다.

그 상점의 육포가 제법 맛있거든.

나는 우리 일행의 수보다 더 많은 육포를 샀다.

그러자 팔갑이 고개를 갸웃하며 물었다.

"왜 이리 많이 사시는 겁니까요?"

"다 쓸 데가 있어."

육포를 조금 떼어먹으며 이곳저곳을 돌아다니다 보니 슬슬 점심시간이 되었다.

나는 흘깃 뒤를 돌아보았다.

바가지를 앞에 놓고 구걸 중인 거지의 모습이 보였다.

계속 거기서 구걸 중이었던 것처럼 행동하고 있지만, 내 기감을 피할 순 없지.

계속해서 우리를 미행하고 있던 자다. 우리가 가는 곳마다 구걸하고 있었으니까.

관심이 없는 자는 모르겠지만 가는 곳마다 같은 기운의 거지가 있었으니까.

그리고 사람 얼굴 외우는 것만큼은 내 특기거든.

나는 그 거지의 허리끈을 보았다.

매듭을 보니 세 개.

개방의 삼결 제자다. 그것도 제법 높은 수준.

하긴 개방의 제자라면 나를 모를 수가 없지. 개방은 구파일방의 일원이니까.

그러니 제법 급이 높은 방도가 나에게 붙은 것이다. 나에 대한 정보를 알아내기 위해 말이지.

그렇다면 나에게는 잘 된 일이다.

나는 그 거지에게 다가가 아까 추가로 산 육포를 적당히 찢어 바가지에 넣었다.

"아이고, 감사합니다. 나으리."

"제 정보가 궁금하셨나 봅니다."

"네? 그게 무슨 말씀이신지?"

"이미 제가 누군지 알고 계시면서 시치미 떼시긴요."

"……."

그는 눈동자를 데룩데룩 굴렸다.

"배고프실 텐데, 육포 좀 드시죠. 이 육포가 제법 진미랍니다."

"……꿀꺽."

아무리 개방도라고 해도 거지는 거지.

내가 준 육포를 보며 갈등하더니 결국 육포를 집어 들어 입에 넣었다.

"여기 물도 드시고요."

수통에 담긴 물을 바가지에 부어 건네자, 그는 순순히 받아 벌컥벌컥 마셨다.

"육포 더 드릴까요?"

"허, 험험, 괘, 괜찮소이다."

하지만 그의 눈동자는 내 손에 들린 육포에 고정되어 있었다.

진미로 유명한 육포를 먹어 봤으니, 내 손에 들린 육포가 눈에 밟히는 거다.

세상에 그런 말도 있지 않은가?

제일 무서운 맛은 아는 맛이라고.

"싫으신가요? 맛이 별로이셨던 모양이네요."

"험, 험험. 그, 그건 아니고……."

"그럼 조금 더 드실래요?"

나는 그에게 육포를 내밀었고, 그는 그 육포를 향해 손을 뻗었다.

그는 그 육포도 순식간에 해치워 버렸다.

나는 그걸 보고는 상인의 미소를 지었다.

"그럼, 이제 육포값을 좀 하셔야죠?"

"네?"

"저는 제가 드린 육포가 공짜라고는 말 안 했거든요."

"……."

그가 당황한 표정으로 내게 항변했다.

"그, 그런 법이 어디 있소? 당연히 거지에게 적선하는 것은 그에 대한 대가를 바라지 않는 것인데?"

"진짜 그럴까요?"

나는 빙긋 웃었다.

"솔직히 까놓고 말해서, 거지에게 적선하는 건 선행으로 인해 자신에게 복이 오기를 바라기 때문에 아닌가요? 다른 사람은 몰라도 저는 그렇거든요. 물론 진짜 아무것도 바라지 않는 분도 계시겠죠. 그런 분은 정말 좋은 분이고요."

나는 말을 이었다.

"하지만 저는 그렇게 좋은 사람이 못되어서요."

"선협미랑이라 소문이 자자하더니……."

"선악은 상대적인 거 아닐까요? 그쪽처럼 제 뒤를 미행하는 자에게까지 선한 사람은 아니라서요."

"……!"

내 말에 그는 움찔했다.

"그, 그래서 내게 원하는 것이 무엇이요? 거지에게 돈을 원하는 것은 아닐 테고."

"정보요."

"고작 육포 하나로 정보를 사려는 것이오? 아무리 상인이라지만 염치가 너무 없는 것 아니오?"

"너무 성격이 급하신 것 아닌가요? 제가 언제 정보를 산다고 말했나요?"

"아, 아니오?"

"네."

"험, 험험, 그럼 무엇을 원하오?"

그는 내 화법에 말린 듯 연신 헛기침을 했다.

"여기 개봉에 방주님 계시죠?"

"……!"

"방주님을 뵙고자 합니다."

.

.

.

잠시 후.

우리 일행은 개방의 본타로 향했다. 우리를 안내하는 거지는 나에게 육포를 얻어먹은 자이다.

"여, 여기입니다."

그는 허름한 건물로 우리를 안내했다. 그 위에는 [개방 본타]라는 현판이 걸려 있었다.

개방은 그 특성상 눈에 띄지 않으려 했고, 그렇기에 현판 역시 거창하지 않았다.

그 앞에는 거지들이 한가롭게 앉아서 배를 긁고 있었다. 하지만 그 눈은 날카롭게 주변을 살피고 있었다.

우리가 다가가자 그들 중 하나가 물었다.

"뭐냐?"

"손님이시다."

"손님? 반반한 얼굴에…… 곰을 닮은 시종…… 설마 선협미랑?"

나는 웃으며 말했다.

"역시 저를 알아보시는군요. 제가 생각보다 많이 유명한가 봅니다. 그럼 들어가 봐도 됩니까?"

내 물음에 그는 고개를 끄덕였다.

나는 인사를 하고 안으로 들어갔다.

바깥도 허름하긴 했지만, 내부는 더 심각했다.

역시 개방이라고 해야 하나.

"이쪽입니다."

우리를 안내해 준 거지의 말에 후원이 있는 곳으로 향했다.

그곳의 나무 아래에 한 거지가 앉아 있었다.

백발노인의 허리띠의 매듭이 아홉 개.

그리고 허리의 타구봉은 방주의 신물이다.

우리는 공손하게 포권했다.

"소상, 은서호가 방주님을 뵙습니다."

"음……."

그는 느긋하게 고개를 들어 나를 보았다.

"그래, 나를 보고 싶어 했다고?"

"네. 그렇습니다."

"사람들은 자네를 선협미랑이라 부르지만, 자네의 본질은 상인이지. 그래, 그럼 무슨 이득을 위해 이렇게 이 늙은이를 찾아온 것인가?"

"우선, 이건 제 성의입니다."

나는 품에서 전표를 꺼내어 내밀었다. 그 전표를 본 방주님의 눈썹이 치켜 올라갔다.

"이건 성의라고 하기에는 좀 지나친데?"

"맞습니다. 단순히 성의만을 표하기 위한 전표는 아닙니다. 거기에 약간의 부탁을 위한 것도 있습니다."

"부탁?"

"그렇습니다."

나는 고개를 끄덕였다.

"얼마 후 이곳에 저에 대한 정보를 원하는 자들이 있을 겁니다. 그들에게 저희의 행선지가 광동성이라고 알려주셨으면 합니다."

"자네의 진짜 행선지는 그곳이 아니지 않나?"

역시 개방의 방주님.

내 진짜 행선지가 광동성이 아님을 알고 계셨다.

"지금 우리 고객에게 가짜 정보를 주라는 건가? 그로 인해 실추될 우리의 신뢰 문제는 어쩌고?"

"딱 한 번만 그리하시면 됩니다. 그 후로는 제 진짜 행선지를 밝히셔도 됩니다."

"……."

"요즘 흉년으로 구걸도 되지 않아서 힘들지 않으십니까?"

"……."

"싫으시면 없던 일로 하겠습니다. 그 전표 돌려주십시오."

"어허! 이 사람이! 성미가 급하네!"

방주가 복잡한 표정으로 고개를 끄덕였다.

"알겠네. 딱 한 번이네."

"감사합니다."

현재 가장 큰 정보 집단은 하오문과 개방이다.

그 말은 즉, 그 두 곳의 정보만 통제하면 된다는 거다.

그럼 이제, 하오문을 주무르러 가 볼까?

이를 위해 거금을 쓸 수밖에 없었지만, 돈보다 중요한 건 우리의 안전이다.

돈이야 얼마든지 벌 수 있으니까.

그리고 이번에 쓴 비용은 전부 이자까지 쳐서 황제에게 받아 낼 생각이다.

.
.
.

다음 날, 아침.

우리는 객잔에서 알선해 준 배를 타기 위해 나루터로 향했다.

우리는 바로 배에 올라탔고, 그렇게 우리가 탄 배는 감숙성의 난주를 향해 출발했다.

* * *

은서호 일행이 떠나고 하루 뒤.

개봉에 한 무리의 이들이 나타났다.

"강을 건너기 위해서라도 분명 이곳에서 머물렀을 터. 하오문과 개방에 의뢰하도록 해라."

"네!"

잠시 후, 그들은 똑같은 대답을 가지고 돌아왔다.

"남쪽으로 향했다고 합니다."

"저희가 지닌 정보대로 광동성으로 향한 듯합니다."

"역시, 그렇군. 가자!"

"네!"

73장. **난죽에서**

난주에서

우리가 탄 배는 황하를 거슬러 올라갔다.

수량도 적당하고, 바람도 서쪽으로 부는 덕분에 그 속도가 매우 빨랐다.

"벌써 화산이 코앞이네요."

"그렇군요."

내 말에 진유 무사가 고개를 끄덕였다. 그리고 뒤를 힐끔 보며 말했다.

"명종 무사가 아무래도 감회가 깊은 모양입니다."

그 말에 나는 고개를 끄덕였다.

명종 무사는 아까부터 우두커니 서서 점점 커지는 화산을 바라보고 있었다.

그 눈은 복잡해 보였다.

그리움이 담긴 것 같기도 하고 미안함이 담긴 것 같기

도 하고…….

나는 그에게 다가갔다.

"괜찮으십니까?"

"아, 네. 주군. 제가 추태를 보였습니다."

그는 다급히 정신을 차리고 고개를 숙였다.

"옛말에 여우도 죽을 땐 자신이 살던 굴을 향해 머리를 둔다고 했습니다. 명종 무사님의 무공의 근원이자, 많은 추억이 깃든 곳인데 어찌 화산이 그립지 않겠습니까?"

"……그리 말씀해 주시니 감사합니다."

나는 화산을 보았다.

흐드러지게 핀 매화로 인해 분홍빛으로 보이는 저곳이 아마도 화산파가 있는 곳이겠지.

"화산파의 매화가 그리 아름답다고 들었습니다."

"네. 맞습니다."

명종 무사가 고개를 끄덕였다.

"매화가 피면 온 사방이 매화의 그윽한 향으로 가득 찹니다. 참으로 절경이지요."

"그렇군요."

"하여 사형, 사제들과 함께 매화가 가득한 곳을 누비며 떨어지는 매화 꽃잎을 잡는 훈련을 하곤 했습니다만, 사실 쉽지 않은 훈련이었습니다."

"그랬겠죠."

"사실, 저번 용봉비무회에서 저도 모르게 너무 과몰입한 듯합니다. 본선에 들면 매화검수가 될 수 있는 자격을 얻을 수 있기에……."

매화검수.

검으로 매화를 피울 수 있는 검사를 뜻하기도 하지만, 그 자체로 화산파의 정예를 의미하기도 했다.

"역시 저는 매화검수의 자격이 없는 자였습니다."

"너무 자책하지 마십시오. 그저 운이 없던 것뿐이었습니다."

"……."

"그리고 파문을 당한 건 아니지 않습니까? 언젠가는 화산에 돌아갈 수 있으실 겁니다."

나는 그를 격려하며 어깨를 두들겨 주었고, 화산 쪽으로 고개를 돌렸다.

내 이전 삶에서 화산파는 여전히 명성이 자자했지만 좀처럼 힘을 쓰지 못한다는 인상을 받곤 했었다.

화산의 검이라고 하면 강호의 무뢰배들의 두려움이어야 마땅한데 말이지.

그렇게 배는 며칠 정도 평온하게, 그리고 거침없이 쭉쭉 물살을 거슬러 올라갔다.

그리고 화산을 지난 지 얼마나 되었을까, 선장이 선원들에게 외쳤다.

"이제 올라간다!"

"네에!"

선원들은 곳곳을 돌아다니며 승선한 승객들에게 조언했다.

"이제부터 배가 좀 많이 흔들릴 수도 있습니다. 그러니 되도록 기둥에 몸을 묶든지 해서 몸을 고정하시는 편이 좋습니다."

그 말에 누군가 반문했다.

"너무 번거롭군. 꼭 그렇게까지 해야 하나?"

"그야, 배에서 튕겨 나가면 그대로 물고기 밥이 되니까요. 배의 기둥과 기둥 사이를 연결한 시렁이 다 그걸 최대한 막기 위함입니다."

확실히 감숙성 난주까지 가는 이 배는 다른 배에 비해서 몇 가지 특별한 점이 있었다.

그건 배의 난간에 나무로 울타리 비슷한 난간을 추가로 만들어 놨다는 것이다.

그리고 배의 중간에는 시렁들이 많았고.

그래서 오가는 것이 불편하긴 했지만, 그게 다 이유가 있는 거다.

산서성의 중간쯤부터 강을 타고 올라가는 길은 무척 험하다.

산서에서 난주까지 물길이 쭉 이어져 있으면 좋겠지만, 그쪽은 지형 때문인지 배를 타고 다닐 만큼 큰 물줄기가 없다.

강은 산서 위쪽으로 이어져 있었으니까.

그러니까 산서 위쪽으로 올라가 서쪽으로 가서 다시 내려와야 하는 거다.

그러다 보니 산과 산 사이의 급류를 배를 타고 통과해

야 했다.

그래도 이 강을 건너가는 것보다 훨씬 낫다. 이 시기의 급류를 건넌다는 건 정말 목숨을 걸어야 하거든.

나는 얼른 시렁에 묶여 있는 끈의 한쪽으로 내 몸을 묶으며 일행에게 말했다.

"선원들의 말대로 하는 게 최상입니다."

내 말에 여응암 무사가 고개를 끄덕였다.

"주군의 말이 맞습니다. 확실히 빠르긴 하지만 그만큼 험하기는 하죠."

그 말에 내가 물었다.

"여 무사님도 이 강을 타고 감숙에 가셨던 적이 있나 봅니다."

여응암 무사가 고개를 끄덕였다.

"네. 일전에 상행 때문에 가 본 적이 있습니다."

"그러셨군요."

사실 감숙성에도 은해상단이 운영하는 지부가 있다. 비록 작은 지부였지만 제법 중요했다.

감숙성의 연지산이 여자들이 화장할 때 입술을 물들이는 연지의 주산지였으니까.

그래서 아버지가 이를 위해 감숙성에 가셨을 때 어머니를 만나신 거지.

이번에 내가 황제에게 부탁받은 것은 위험한 일이기에 감숙성 지부나 외가에 들를 일은 없을 것 같지만.

"이제 점점 급류가 거칠어질 겁니다!"

선장의 외침과 함께 배가 위아래로 요동치기 시작했다.

하늘을 나는 용의 등에 타면 이런 기분일까 싶을 정도로 심하게 요동쳤는데, 이런데도 용케 배는 뒤집어지지 않고 제대로 앞으로 가고 있었다.

문제는 이렇게 이틀에서 사흘 정도를 가야 한다는 거지.

배가 심하게 요동치니 국물이 있는 식사 같은 건 꿈도 못 꾸고, 건량이나 육포 같은 것으로 식사를 때워야 했다.

"혹시, 이래서 주군께서 육포를 많이 사신 겁니까?"

이필 무사의 물음에 나는 고개를 끄덕였다.

"예전에 형님께 들은 이야기가 있어서 말이죠."

"그러고 보니 그때, 함께 갔던 표국의 사람들은 육포를 잔뜩 준비했었죠. 이제 기억이 납니다."

그나마 우리 일행은 무공을 익혔기에 그런대로 괜찮았지만, 일반인들은 거의 혼이 나가 있었다.

만약 끈으로 단단하게 몸을 묶지 않았다면 벌써 바닥을 이리 구르고 저리 구르는 것도 모자라 배에서 튕겨 나갔을 거다.

그때였다.

"헉!"

한 아버지가 품에 안고 있던 아이가 그만 아버지의 품에서 빠져나오고 말았다.

워낙 흔들림이 심했기에 순간적으로 손에 힘이 풀린 것이다.

설상가상으로 아이를 묶고 있던 끈 역시 풀려 버렸다.

아이 역시 몸을 끈으로 묶고 있었는데, 그게 헐거워졌는지 아니면 아이가 아플까 봐 처음부터 슬쩍 묶은 것인지 알 수 없지만 말이다.

중심을 잃은 아이는 바닥을 데구루루 굴렀고, 난간 사이를 통과하여 물속으로 사라져 버렸다.

순식간에 일어난 일이었다.

"아이고! 승역아!"

아이의 아버지와 어머니가 그런 아이를 구하기 위해 뱃전으로 달려갔다.

하지만 그들은 뱃전에서 선원들에게 제지당했다.

선원들로서는 어쩔 수 없었다.

산 사람은 살아야 하는 법이고, 아이를 구하기 위해 일반인이 이 급류 속에 뛰어들어 봤자 아이를 구할 수는 없으니까.

오히려 그들 역시 죽게 될 터.

그리고 나는 이미 움직이고 있었다.

나를 묶은 끈을 풀고, 거추장스러운 겉옷을 벗어 던지고 급류 속으로 뛰어들었다.

풍덩!

나도 내가 왜 움직였는지 알 수 없었다.

아이가 물속에 빠지기 전 나와 눈이 마주쳤다는 것 때

문일지도 모른다.

이곳의 급류는 무림인이라고 해도 위험할 정도.

하지만 나는 사부님께서 알려 주신 수공, 빙해수절공을 익히고 있다.

그 어떤 급류 속에서도 자유롭게 움직일 자신이 있다.

또한, 빙해동화심법은 눈을 감고 있어도 물속에 뭐가 있는지 훤히 느낄 수 있었으니까.

이렇게 나에게는 물속에 빠진 아이를 구할 수 있는 능력이 있다.

그런데 아이의 죽음을 보고만 있는다면, 이전 삶에서 나를 죽인 백천상단이나 무림맹과 뭐가 다를까?

나는 최대한 기감을 넓혔다.

"……!"

무언가 느껴지는 곳으로 곧바로 헤엄쳐 갔다.

빙해수절공 덕분에 물살 속에서도 호수처럼 안전하게 움직일 수 있었다.

물살이 스스로 길을 열어 주었으니까.

덥썩!

나는 아이를 안고 곧바로 물 위로 솟구쳐 올라갔다.

배와 상당히 멀리 떨어져 있었지만, 딱히 걱정되지는 않았다.

"후우……."

나는 심호흡을 하고는 물 위를 내달렸다.

빙해수절공에 속한 것으로, 무흔보법을 응용한 것이다.

금세 배를 따라잡을 수 있었고, 배 위로 살포시 올라갔다.

"승역아!"

내가 아이를 구해서 돌아오자, 아이의 부모가 아이에게 달려왔다.

그러나 나는 손을 내밀어 그들을 물렸다.

"잠시만 기다리십시오."

그리고 아이를 눕히고 가슴의 혈을 누르기 시작했다. 제대로 숨을 쉬게 해야 했기 때문이다.

그렇게 조치를 하고 나서야.

"푸하!"

"콜록콜록!"

아이는 물을 토해내며 거칠게 기침했다.

나는 아이의 등을 토닥였고, 아이의 부모에게 말했다.

"이제 괜찮습니다."

"감사합니다! 정말 감사합니다!"

"이 은혜를 어찌 갚아야 할지!"

아이의 부모는 내게 연신 고개를 숙이며 감사를 표했다.

나는 손을 저으며 그들을 진정시켰다.

"아직 물살이 셉니다. 다시 물에 빠지지 않도록 단단하게 몸을 고정하십시오."

"네! 네!"

"알겠습니다."

나는 그 부모가 아이의 몸을 끈으로 단단하게 고정하는 것을 보며 한숨을 내쉬었다.

"진짜 다행입니다요."

　팔갑이 나에게 수건을 내밀었고, 나는 수건으로 얼굴을 닦으며 대답했다.

"응. 정말 다행이지."

"제 말은 그것보다 도련님께서 무사하셔서 다행이라고 한 겁니다요."

"아……."

　나는 머쓱하게 뒷목을 긁적였다. 내가 잘못한 건 맞으니까.

"저희도 걱정 많이 했습니다."

　서우 무사의 말에 나는 순순히 사과했다.

"죄송합니다."

"주군께서 무사하실 것을 알기에 기다렸지만 그래도 말씀 정도는 해 주셨으면 합니다."

"앞으로 그리하겠습니다."

"저는 아직 안 끝났습니다요."

"……."

　팔갑의 잔소리는 몇 시진이나 계속되었고, 귀에서 피가 날 뻔했다.

　그렇게 약 사흘 후.

　그렇게 거칠었던 급류는 거짓말이었다는 듯이 강은 무

척이나 잔잔해졌다.

그제야 우리는 몸을 묶었던 것을 풀고 자유롭게 배를 오갈 수 있게 되었다.

그리고 승역이라는 아이의 부모님은 다시금 나에게 감사 인사를 했다.

"제 아들을 살려 주셔서 정말 감사드립니다."

"말씀 들었습니다. 선협미랑이라 불리신다고요. 정말 그 명호대로 선협미랑이십니다."

그 명호에 쑥스러워하고 있을 때, 승역이는 고개를 숙여 나에게 인사했다.

"살려 주셔서 감사합니다. 예쁜 형아."

"쿨럭."

예, 예쁜…… 형.

좋아해야 하는 거겠지?

아무튼, 한 가족의 비극을 보지 않을 수 있었으니 빙해 수절공을 익힌 보람이 있었다.

"그런데 난주에 도착하시면 머무실 곳이 있으십니까?"

"잠시 들르는 거라, 객잔에 머물 생각입니다."

"그렇군요. 혹 실례가 아니라면 저희 집에서 머무르시는 것은 어떻습니까?"

아이 아버지의 말에 나는 난처해졌다. 지금 추격자들이 나를 쫓고 있는 상황이다.

그런 상황에서 애꿎은 이들이 휘말리게 할 수는 없는 일이다.

"말씀은 감사하지만, 저희가 좀 사정이 있어서 난주에 도착하자마자 정신없이 움직여야 할 듯합니다."

"그러시군요."

"대신, 나중에라도 기회가 된다면 찾아뵙도록 하겠습니다."

"그럼, 나중에 반드시 꼭 저희 집에 방문해 주십시오. 저희 집은……."

나는 얼른 말을 돌렸다.

"그나저나 승역이라고 했나요?"

"아, 네."

"승역이는 몇 살이야?"

"다섯 살이요."

"그렇구나! 그렇게 큰일을 겪었는데도 씩씩하네!"

"네! 하부지가 그랬어요. 언제나 씩씩하게 살아가면 세상이 저를 도와준다고요."

"맞아. 그래, 그렇게 살면 되는 거야."

그렇게 이야기를 나누는 사이, 배의 선장이 내게 다가왔다.

"말씀 들었습니다. 그 용봉비무회의 영웅이신 선협미랑 소협이시라고요."

"허명일 뿐입니다."

"아닙니다. 이번에 제 눈으로 선협미랑 소협이 왜 선협미랑이라 불리는지 똑똑히 보았습니다. 제 배에서 인사사고가 나지 않은 것은 온전히 선협미랑 소협 덕분입니다."

선장은 말을 이었다.

"하여, 작게나마 감사의 뜻을 표하고자 여러분의 뱃삯을 돌려드리려고 합니다."

나는 다급히 손을 흔들었다.

"그건 아니라고 생각합니다. 여기까지 안전하게 온 건 모두 선장님과 선원들의 노고입니다. 그 대가가 뱃삯인데 뱃삯을 받지 않는다니요!"

"하지만……."

"정 그러시다면, 나중에 인연이 된다면 한 번 정도 도와주십시오."

"정말 그걸로 되겠습니까?"

"제가 나중에 무슨 부탁을 할 줄 알고요."

"상관없습니다. 선협미랑 소협이시라면 무리한 부탁을 하시지는 않을 테니 말입니다."

그렇게 배는 유유히 물살을 거슬러 올라갔고, 어느새 우리는 난주에 도착했다.

"그럼, 살펴 가십시오."

"네, 감사했습니다."

우리는 배에서 말을 끌어내렸다.

말은 상당히 예민한 동물이니만큼 급류에 배가 오르락내리락할 때 말의 상태가 걱정됐는데, 다행히 괜찮은 듯했다.

그래도 낯선 환경에 예민해진 상태인 듯해 조금 쉬게

하는 게 좋을 듯했다.

하여 인근 객잔에서 하룻밤 쉬고, 다음 날 아침 일찍 객잔을 나섰다.

황제가 나에게 주신 봉서에 의하면 난주에서 반나절 거리에 있는 곳에 방효명 노사가 계신다고 한다.

우리는 방효명 노사가 있는 방가장으로 향했다.

그곳은 제법 규모가 있어 보이는 장원이었다.

"어디서 오셨습니까?"

문지기의 말에 나는 내 신분을 밝히려고 했다. 그런데.

"아니! 은인이 아니십니까?"

"……?"

문지기의 뒤쪽에서, 내가 구해 주었던 승역이라는 아이의 아버지가 달려오고 있었다.

이에 오히려 당황한 건 나였다.

아니, 저분이 왜 여기에 계신 거지?

그때 문지기가 그를 보더니 얼른 고개를 숙여 인사했다.

"이공자님, 오셨습니까?"

설마…….

그가 나를 반기며 물었다.

"벌써 일을 다 보신 겁니까?"

"그…… 혹시 여기에 방효명 노사께서 계십니까?"

"네? 저희 아버지이십니다만."

"……."

.

.

.

잠시 후.

나는 방가장의 접빈실에서 아이의 아버지와 마주 앉았다.

그의 이름은 방은석.

방효명 노사의 차남이라고 했다.

"그러니까, 아버지를 만나러 오신 겁니까?"

"네. 그렇습니다."

"말씀하신 볼일이 저희 아버지를 뵙는 것인 줄은 생각도 못 했습니다. 저희 아버지와 연이 있으십니까?"

"그냥, 어떤 분을 통해서 알게 된 거죠. 하하하. 그런데 무슨 일이라도 있습니까?"

내가 그리 물은 이유는 방가장의 분위기가 뭔가 살짝 들떠 있었기 때문이다.

"아, 네. 집안에 행사가 있었습니다. 그래서 저도 급하게 개봉에 있다가 올라온 겁니다."

"실례지만 개봉에서 무슨 일을 하시는지 여쭤어 봐도 되겠습니까?"

"부(付)의 동지로 있습니다."

동지라면 부(付)의 이인자라고 할 수 있다. 품계로는 정오품이니 제법 높은 지방직이라 할 수 있다.

"아니, 그러신 분이 왜 호위 하나 없이 나서신 겁니까?

요즘 세상이 얼마나 흉흉한데…….”

“제 사적인 일에 다른 이를 사사로이 부릴 수는 없지 않습니까? 그러다가 아버지께 혼납니다.”

“…….”

그때 문밖에서 누군가의 기척이 느껴졌다.

오셨구나.

곧 문이 열리더니, 환갑 정도로 보이는 노인이 들어왔다.

“자네가 나를 보자고 했나?”

나는 얼른 일어나 포권하며 말했다.

“예, 맞습니다. 은해상단의 은서호가 노사를 뵙습니다.”

“방효명이라고 하네. 만나서 반갑네. 앉으시게나.”

“감사합니다.”

그의 권유에 나는 다시 자리에 앉으며 그와 함께 들어온 사내를 흘깃 쳐다보았다.

그는 내 시선 따위는 신경 쓰지 않는다는 듯, 문 옆에 서서 오로지 방효명 노사만을 바라보았다.

호위인 듯한데, 무위는 절정쯤으로 보였다.

나와 내 일행의 경지를 알아차린 것인지, 잔뜩 긴장한 모습이었다.

“그래서, 왜 나를 보자고 했는가?”

그 물음에 나는 얼른 시선을 방효명 노사에게 돌렸다.

“사실, 제가 노사를 뵙고자 한 건 서신 전달을 부탁 받았기 때문입니다."

"서신을?"

"네."

나는 방효명 노사에게 서신을 건넸고, 그는 그 서신을 받았다.

"열어보시지요. 저는 노사께서 서신을 읽는 것까지 확인해야 합니다."

내 말에 그는 고개를 갸웃하며 서신을 뜯었다.

그리고 그 서신을 본 그의 얼굴은 와락 일그러졌다.

"젠장."

그는 일그러진 표정으로 나를 보며 물었다.

"혹시 이 서신의 내용을 아는가?"

"모릅니다. 읽어 보지를 않았는데 어찌 압니까?"

"그래, 표정이 밝은 것을 보니 이 서신을 읽지 않은 것이 확실하군."

"네?"

내 표정이 밝은 것과 내가 그 서신을 미리 읽지 않은 것이 무슨 상관인 거지?

그는 퉁명스럽게 서신을 내게 건넸다.

"읽어 보게."

나는 그 서신을 다시 받았고, 읽어 보았다.

그 서두는 자신의 친우이자 신하인 방효명 노사에게 전하는 안부였다.

그리고 자신을 떠난 것에 대한 원망과…….

[그렇게 떠나면 끝인 줄 알았지? 이 영감탱이야. 이렇게 황명으로 불러들일 거라는 건 생각 못 했지?] 와 같은 다소 유치한······.

이렇게 할 수 있다는 건 그만큼 친한 사이라는 거겠지. 그런데 나이 차이가 스무 살은 차이가 나는 것 같은데 그래도 친우가 될 수 있나?

뭐, 그건 그렇다 치고.

[지금 내 신하인 금의위의 진영 무사가 곤경에 처해 있다네. 먼저 그 일을 해결해 주었으면 하네. 그가 실종되었지만, 그 어디서도 그 행방을 찾지 못하고 있네.]

황제는 방효명 노사에게 진영 무사를 찾아달라고 부탁하고 있었다.

황제가 진영 무사의 실종으로 심기가 불편하다고만 생각했지, 이렇게까지 신경 쓰고 있을 줄은 몰랐다.

[자네라면, 찾을 수 있을 거라고 믿네]

그리고 서신에서 방효명 노사에 대한 굳은 믿음이 느껴졌다.

문제는······.

[이 서신을 전해 온 녀석은 참 재밌는 녀석이라서 데리고 다니면 재밌을 거네. 그러니까 그 녀석이랑 함께 진영 무사를 찾아서 데리고 오게.]

나는 저절로 한숨이 나왔다.

젠장.

서신만 전달하면 임무 끝인 줄 알았는데······ 아니었다.

끝날 때까지 끝난 게 아니었던 거다.

"이제 그 표정이 볼만해졌군."

"생각보다 심술궂으십니다."

"그럼, 이 서신을 가져온 자네가 뭐가 예쁘다고?"

그는 고개를 돌려 자신의 차남을 일별하며 말을 이었다.

"솔직히 자네가 그분의 서신을 가지고 왔을 거라고는 생각하지도 못했는데 말이야. 이런 서신을 품에 지닌 채 급류에 뛰어들어서 아이를 구할 생각은 하지도 못할 테니 말이지."

아…….

사실 그때 내 품에 서신은 없었다.

혹시나 몰라 비고에 넣어 놨으니까.

그나저나 황제가 주신 주머니에 벼루를 넣어 다니긴 하는데, 이게 은근히 불편하단 말이지.

아, 생각의 방향이 딴 곳으로 새었군.

"게다가 관리나 무인도 아니고, 상인인 데다가 선협미랑이라고 불리는 유명인일 줄이야."

"저도 마찬가지입니다."

"아무튼, 내 손자를 구해준 것에 대해 감사를 표하네."

그는 말을 이었다.

"그런데…… 몰래 서신을 가져온 것으로 보이는데, 혹시 자네 쫓기고 있나?"

"……사실 그렇습니다."

"그래서 내 아들이 머물고 가라고 청했음에도 거절했던 것이군."

그때 우리의 이야기를 듣고 있던 방은석이 어리둥절한 표정으로 물었다.

"지금 무슨 말씀들을 하고 계시는 겁니까? 그 서신은 대체 누가? 아니 그보다 아버지와 인연이 있던 분이 아니셨던 겁니까?"

그 물음에 방효명 노사는 한숨을 내쉬며 나에게 물었다.

"어디까지 이야기해 주어야 하나?"

"들은 바 없습니다."

"그렇군."

방효명 노사는 고개를 끄덕이고는 복잡한 표정으로 아들에게 말했다.

"오랫동안 내가 모셨던 그분께서 이 노구를 다시 불러 주시는구나."

"네? 그, 그럼?"

"방금 들었다시피 상황은 그리 좋지 않구나. 그러니 당분간 집안 단속과 경계를 철저히 하도록 해라."

"알겠습니다."

그렇게 지시한 그는 옆에서 지필묵을 꺼내 뭔가를 적어 차남에게 건넸다.

"받거라. 이걸 네 형에게 주고 이대로 하라고 해라."

"네."

"그럼, 가지."

그 말에 나는 당황했다.

"네? 지금 말입니까? 다른 가족들에게 말도 없이 가셔도 되는 겁니까?"

그런 나를 보며 방은석이 웃으며 말했다.

"원래부터 워낙 종잡을 수 없는 분이셔서, 갑자기 사라지셔도 그러려니 합니다. 그래도."

그는 말을 이었다.

"지금까지 한 번도 틀린 말을 하신 적은 없으십니다."

그 말투와 표정에서는 깊은 신뢰가 느껴졌다.

.

.

.

약 일각 후.

방 노사는 시종과 호위무사를 대동한 채 우리와 함께 집을 나서셨다.

갑작스럽게 집을 나서게 된 것임에도 시종과 호위무사의 반응이 무덤덤한 것을 보니 원래 그런 인물이신 듯했다.

그래도 너무 서두르시는 것 같은데…….

"저기, 어르신. 하나 여쭤볼 게 있습니다."

"무엇인가?"

"이렇게 급하게 나서실 이유가 있습니까?"

"그걸 말이라고 하나? 추격자들이 언제 우리를 추격해

올지 모르는데?"

일견 방 노사의 말이 맞긴 하다. 하지만 이번 경우는 좀 다르지.

"사실……."

나는 내가 추격자들을 따돌려 둔 것에 대해 자초지종을 말씀드렸다.

"그래서 저들은 광동성 쪽으로 추적 중일 겁니다. 지금쯤은 속았다는 것을 깨닫고 저희를 다시 추적하고 있을 수도 있겠습니다만."

내 말에 방 노사는 한숨을 내쉬었다.

"자네."

"네?"

"그런 건 좀 일찍 말하면 안 되나?"

"죄송합니다. 어르신께서 너무 결단이 빠르셔서……."

그랬다. 방 노사가 너무 거침없이 움직이시는 바람에 말할 기회가 없었던 것이다.

"험험."

방 노사는 헛기침을 했다.

"뭐, 어쩌겠나. 이미 다 얘기해 놓고 집을 나왔으니 어쩔 수 없지."

네. 그렇긴 하네요.

그때 팔갑이 나에게 작은 목소리로 말했다.

"도련님."

"왜?"

"어쩐지 거울을 보는 것 같다는 생각이 들지 않으십니까요?"

"무슨 말이 하고 싶은 건데?"

"아무것도 아닙니다요."

황제가 보낸 서신에는 진영 대협의 실종에 관한 정황도 적혀 있었다.

진영 대협은 이곳 난주로 향했고, 난주에 도착했다는 서신을 보낸 후 실종되었다고 한다.

진영 대협이 맡은 일은 최근 감숙성 북쪽에서 일어나고 있는 실종 사건이었다.

감숙성 북쪽에서 어린아이들이 연달아 실종되는 사건이 벌어져, 그쪽의 지방관들이 여러 차례 보고를 올린 것이다.

현이나 부 단위에서 해결하지 못한 것이겠지.

"그런 일이 있었다니……."

방 노사의 반응을 보니, 전혀 몰랐던 것 같았다.

하긴,

감숙성 북쪽은 인구도 많지 않은 편이고, 폐쇄적인 성향의 마을이 많아 교류가 그리 활발하지 않으니까.

"우선 이곳 감숙성에서 그 진영이라는 녀석의 흔적을 찾아봐야겠구나."

"그래야겠죠."

우리가 향한 곳은 진영 대협이 마지막으로 머물렀을 것

이라 추측되는 금의위의 안가.

그곳까지 가면서 나는 왜 황제가 방 노사를 다시 부르려 하는지, 그리고 왜 방 노사에게 진영 대협을 찾아달라고 했는지 계속 의문이었다.

내가 볼 땐 그저 평범한, 관직에서 물러나 낙향한 노인인데 말이지.

"역시 돈 많은 녀석하고 함께 다니니 편하긴 하구나. 그런데 나 때문에 돈을 많이 쓰는 것 같은데, 괜찮은 것이냐?"

고급 객잔에서 숙박을 하고 나오면서 묻는 방 노사의 말에 나는 웃으며 대답했다.

"이 정도는 저에게 가벼울 뿐입니다."

"그러냐?"

"하지만 이는 제 개인의 일이 아닌 공무입니다. 또한, 황제 폐하께서는 공무를 보면서 사비를 쓰라고 하실 분은 아닐 겁니다."

내 말에 방 노사는 크게 웃었다.

"하하하. 왜 황제 폐하께서 너에게 재밌는 놈이라고 하셨는지 알 것 같구나."

"그런가요? 저는 잘 모르겠습니다."

"원래 그런 건 본인은 잘 모르는 법이지."

그 말에 고개를 살짝 갸웃하다가 팔갑의 모습을 보게 되었는데, 팔갑은 격하게 고개를 끄덕이고 있었다.

"팔갑아?"

"네? 왜 그러십니까요?"

"아무것도 아니야."

"······."

나는 그저 아주 당연한 것을 말하는 것뿐인데 재밌다니. 뭔가 좀 그러네.

그날 오후.

우리는 난주에 있는 금의위의 안가에 도착했다.

그곳은 적당히 넉넉한 일가가 살 법한 평범한 집이었다.

하지만 아무도 없는 듯, 조용하기 짝이 없었다.

기감을 집중해 봤지만, 아무런 기척도 느껴지지 않았다.

"아무도 없는 듯합니다."

"그렇구나."

방 노사는 그리 대답하며 나에게 말했다.

"그럼 조심해서 내가 밟은 곳만 밟고 따라와라."

"네?"

내가 반문했지만, 방 노사는 대답 대신 곳곳을 돌아다니며 꼼꼼히 살폈다.

"수레의 바퀴 자국. 뭔가 싣고 갔군. 대문이 강제로 열린 흔적이 없군. 하지만 건물 곳곳에 남은 싸웠던 흔적이라······."

"······."

"뭔가 끌린 듯한 흔적이 있는 것을 보면, 제압해서 수레에 싣고 끌고 갔다는 건가?"

그렇게 이곳저곳을 살피던 그는 나를 보며 물었다.

"너는 무엇을 알 것 같으냐?"

"문이 부서진 흔적이 없으니, 누군가를 매수하여 문을 열게 한 듯합니다. 아마도 매수당한 자가 문을 열어 주었든지, 아니면 문을 열게 했든지 했겠죠."

"그 말대로다."

"그리고 습격자들의 수는 그리 많아 보이지 않는데, 이상하게 공방을 벌인 흔적이 별로 없습니다. 제대로 힘을 쓰지 못하고 제압되었다고 봐야 하는데, 그렇다면 독에 당했을 가능성이 높습니다."

"훌륭하군!"

"하여 제압당한 이들을 수레에 싣고 떠난 듯합니다."

"나의 추측 역시 너와 같다. 아마도 이곳에 있던 이들은 다섯 명. 그 체형은……."

다른 네 명은 모르지만, 그들 중 한 명의 체형은 내가 아는 누군가와 많이 비슷했다.

바로 진영 대협과.

그 진영 무사 정도의 수준이면 어느 정도는 독에 저항할 수 있었을 텐데.

그런데 손도 못 쓰고 제압당할 정도면 적들의 수준도 상당하다는 건데?

방 노사는 흔적을 보는 것만으로 아군과 적군의 수와

체형, 그리고 그 무공까지 알아냈다.

"그래도 아직 살아 있을 가능성이 있다."

"왜 그렇게 생각하십니까?"

"핏자국이 없거든. 그리고 자신들의 흔적이 남은 이 건물을 태우지도 않았다는 건 최대한 시간을 벌고자 한다는 거지."

그는 말을 이었다.

"금의위 무사가 실종되었다는 것과 살해되었다는 것은 그 무게가 다르니까."

"……."

"그렇다면 여기서 살려서 데리고 갔는데 시간이 필요하다는 것은 뭘 뜻하겠나?"

순간 나는 피가 낭자한 끔찍한 장면이 떠올랐다.

"서둘러야겠네요."

나는 왜 황제가 방 노사를 다시 불러오는지, 그리고 왜 그에게 진영 대협을 찾아달라고 했는지 알 것 같았다.

방 노사는 평범한 관리가 아니었다.

날카로운 관찰력과 판단력을 갖춘, 뛰어난 조사관이었다.

"저들이 수레를 이용하여 끌고 갔으니, 이를 수소문해 보는 것이 먼저겠군."

그리고 수레의 바퀴 자국을 살폈다. 바퀴의 폭으로 수레의 크기를 가늠하는 것이다.

음? 그냥 보면 딱 아는 거 아닌가?

"말 세 필이 끄는 제법 큰 수레입니다."

"그걸 어찌 아는 것이냐?"

"저, 은해상단 소단주입니다. 이 정도는 쉽죠."

그런데, 왜 갑자기 눈을 빛내시는 겁니까?

무섭게…….

.

.

.

어쨌든 우리는 마차가 어디로 갔는지 수소문하기 시작
했다.

"말 세 마리가 끄는 큰 수레는 그리 흔한 것이 아닙니
다. 말이 제법 비싸니까요."

수레를 끌 수 있을 만큼 큰 말 세 필이면 작은 기와집
하나를 살 수 있다.

그렇기에 사실 말이 끄는 수레라는 건 상당히 눈에 띄
는 물건이었다.

"그걸 습격한 이들이 모를 리가 없겠죠. 게다가 여기는
민가니까요. 그러니 당연히 상인으로 위장했을 겁니다."

"나 역시 그리 생각하네."

수레가 지나갈 수 있는 길은 정해져 있었으니, 우리는
그 길을 중심으로 사람들에게 물어보았다.

다행히 사람들은 나에게 친절하게 답을 해 주었다.

"그러고 보니 그때, 한 무리의 상인들이 이곳을 지나기
는 것을 본 적이 있네."

"혹시 어느 상단인지 아십니까?"

"어디 보자…… 그래, 오씨 상단의 문장을 달고 있었네."

오씨 상단.

그곳은 이곳 감숙성에서 가장 큰 상단이었다.

그렇다는 건 눈속임을 한 것이거나 아니면 진짜 그곳이 이번 일의 흉수라는 의미다.

하지만 나는 전자 쪽에 무게를 실었다.

오씨 상단은 그런 짓을 할 이유도 없고, 그럴 곳도 아니니까.

계속 수소문을 하다 보면 그들이 위장을 벗어던진 시점도 알아챌 수 있을 터.

"혹시나 해서 다시 여쭤봅니다만, 확실합니까?"

"아무렴, 내가 이곳에서 몇십 년을 살았는데. 그나저나 정말 잘생긴 청년이구만."

"하하하, 감사합니다."

"윤석이를 꼭 닮은 청년이야."

"네?"

"이 여편네 아들. 그보다 내 아들을 닮았지."

"아, 배고프지 않아? 방금 만두를 했는데 좀 먹을 텨?"

"감사합니다."

그렇게 여러 사람들에게 수소문을 마치고 집결지로 돌아와 보니, 팔갑이 먼저 돌아와 있었다.

"도련님, 정보 좀 알아내셨습니까요?"

팔갑의 말에 나는 고개를 끄덕였다.

"저쪽으로 간 거 같아."

"그런데 사람들이 순순히 이야기를 해 줍니까요?"

"응. 아주 친절했어. 이렇게 만두까지 나누어 주던데?"

팔갑은 내 손에 들린 만두를 보며 고개를 절레절레 흔들었다.

"역시, 세상은 썩었습니다요."

"응? 이 만두가 썩었다고?"

"아닙니다요."

그렇게 수레의 행방을 수소문하던 우리에게 다가온 한 사내가 있었다.

"혹시, 가장 높은 분께서 보내신 분들입니까?"

황제를 의미하는 표현, 그리고 느껴지는 진한 향.

동창이겠군.

동창은 오직 내관들만이 될 수 있었는데, 내관들은 그 특성상 소변이 새기에 그 냄새를 가리고자 항상 향주머니를 차고 있었으니까.

그 사내에게서 풍기는 향은 황궁의 내관들에게서 늘 느끼던 향이었다.

"누구십니까?"

"아, 놀라게 해서 송구합니다. 저는 이쪽 지역을 담당하고 있는 동창 소속의 청관이라고 합니다."

"청관 공이시군요."

"예. 얼마 전에 윗선에 금의위 대협들이 실종된 것을 보고하고 초조하게 기다리던 중이었습니다. 그러다가 여러분들께서 마차에 대해 수소문하고 있다는 소식을 접하고 급히 찾아왔습니다."

"그러셨군요. 그래도 생각보다 빨리 접선할 수 있어서 다행입니다."

"맞습니다. 그리고 마침 금의위 대협들이 잡혀간 곳으로 추정되는 장소를 알아냈습니다."

"그것참 좋은 소식이군요."

우리는 그를 따라 이동했다.

덕분에 수고를 덜 수 있게 되었지만, 어딘가 수상하긴 했다.

곧 우리는 한 산채에 이르렀다.

"저곳입니다."

우리는 멀리서 그 산채를 바라보았다. 밖에 보초를 서고 있는 이들만 해도 열 명 정도 되어 보였다.

그들에게서 느껴지는 역겨운 기운은, 저들이 흑도라는 증거다.

"혹시 저 안의 사정에 대해서 아십니까?"

"그것까지는 알아내지 못했습니다. 하지만 지켜본 바로는 저곳에서 계속 어린아이의 울음소리가 들렸습니다. 납치된 아이들을 모아 놓은 곳으로 보입니다."

"그렇군."

방 노사가 고개를 끄덕였다.

"그렇다면 아이들을 납치한다는 놈들이 금의위도 납치한 것이겠군."

"어찌할까요?"

"어찌하긴, 구해야지 않겠나?"

그 말에 나는 반문했다.

"하지만 무작정 쳐들어가기에는 상대의 전력을 너무 모르는 것 같습니다만."

내 말에 방 노사가 고개를 끄덕였다.

"하긴, 우리는 저 안의 구조나 상황을 모르긴 하지. 그렇다면 우리에게 저 내부의 상황을 알려 줄 자를 찾아야겠지."

방 노사는 우리에게 작전을 설명해 주었다.

"우선, 내가 경비를 서는 이들 중 일부를 이쪽으로 유인하겠네. 자네는 내가 신호하면 그들을 제압하게나."

"알겠습니다."

"그리고 자네는."

방 노사는 청관이라는 동창의 일원에게 말했다.

"위험할 수도 있으니 몸을 피해 있도록 하게나."

"괜찮습니다. 저 역시 무공을 익혔으니 제 한 몸 지킬 수 있습니다."

"허허, 만약 우리가 실패한다면 우리의 소식을 알려 줄 자가 필요하지 않겠나?"

"……확실히 그렇군요."

"그러니 어서 몸을 피해 있게나."

"그럼, 그리하겠습니다. 그런데 어떤 방법으로 유인하시려고……."

"아, 고기를 구워 볼까 하네."

"음, 확실히 방법은 방법이군요. 그럼 성공하시기를 빌겠습니다."

그렇게 청관은 산을 내려갔고, 방 노사는 그의 뒷모습을 보며 내게 물었다.

"후, 배가 고프군. 너는 배 안 고프냐?"

방 노사의 물음에 나는 피식 웃었다.

"저도 배가 고픕니다."

"아까 만두 먹었는데?"

"그러는 노사께서도 하나 드시지 않았습니까?"

내 반문에 방 노사는 피식 웃었다. 그러고는 주변을 둘러보다가 한 자리를 가리키며 시종에게 말했다.

"석백아. 숯불 좀 피워 봐라."

"알겠습니다."

시종은 즉시 숯불을 피우기 시작했고, 그걸 본 호위는 어디론가 사라졌다가 금방 사슴 한 마리를 잡아 왔다.

어느새 손질된 사슴고기는 숯불 위 석쇠에 올라갔다.

치이이익.

"이런 와중에도 숯과 석쇠를 가지고 다니시는 겁니까?"

"당연하지! 내 채소는 못 먹어도 고기는 먹어야 되거든. 내가 제일 좋아하는 게 고기야. 고기!"

어, 그건 나랑 같네?

나는 잽싸게 그 앞에 앉으며 말했다.

"맞습니다. 고기는 진리이며, 고기 없는 세상은 암울한 세상이죠."

"하하하. 그렇지."

방 노사는 어느 정도 고기가 익자 부채질을 해서 바람을 산채 쪽으로 향하도록 했다.

"뭐 하십니까?"

"뭐 하냐니? 열심히 저 녀석들을 꾀어내고 있는데 말이지."

"네?"

"앉아라. 다 익은 건 먹자. 여기서 더 익히면 타는데 그러면 오히려 효과가 떨어진다."

"확실히 그렇겠군요."

그리 말하며 나는 그 앞에 앉았고, 고기를 집어 들었다.

"고기 굽는 냄새로 저들을 꾀어내자고 하신 게 진짜였습니까?"

"그래."

"저는 그 청관이라는 동창을 따로 떼어 놓으려고 하시는 말씀인 줄 알았습니다."

내 말에 방 노사가 씨익 웃었다.

"역시 너도 눈치챘구나."

"네. 아무래도 뭔가 석연치 않은 부분이 있어서 말입니다."

내가 이상하게 생각한 건, 두 가지다.

첫째는 아이의 울음소리를 들었다는 것.

그자의 내공은 이류 정도.

그 수준으로는 아무리 귀에 공력을 집중해도 저 산채의 소리를 듣기는 어렵다.

두 번째로는, 그에게 흑도의 역겨운 기운이 묻어 있었다는 것이다.

"일단 수상한 녀석은 맞다. 하지만 나는 그자가 수상하다는 것을 그 안가에 가자마자 알았다."

"네?"

"우선 황제 폐하의 서신에 적혀 있는 정황은 뭔가 이상했지. 사흘이나 소식이 끊겼고 우리가 갔을 땐 시간이 좀 더 흐르긴 했어도 한 달이 못 되는 시간이 흘렀을 터."

날짜를 따져 본 나는 고개를 끄덕였다.

"하지만 내가 그 안가를 살펴보면서 느낀 시간은 좀 더 길었다. 먼지가 쌓인 두께가 한 달 이상이었다."

먼지의 두께로 그것도 파악할 수 있구나 싶어서 조금 감탄했다.

"그럼 설마? 금의위 안가를 적들에게 알려 주고 쉽게 들어가게 한 장본인이 바로 그자입니까?"

"내 추측으로는 그렇다."

역시!

"그런데 진짜 이 고기 냄새로 적들을 꾈 수 있는 겁니까?"

"저 산채에 머무는 자들의 수는 제법 많을 것이다. 경비가 열 명이라는 건 그 안에 그보다 많은 수가 있다는 의미."

"그렇죠."

"나는 아까 사람들에게 저 안으로 향하는 수레의 양과 횟수를 물어보았다. 이를 헤아려 보니 점점 그 수가 줄어들고 있더구나."

방 노사는 씩 웃었다.

"그 전부가 식량이라고 해도 계산에 맞지 않는다. 그렇다면 과연 저들의 입에 식량이 제대로 들어가겠느냐?"

"하긴, 그렇긴 합니다."

"아마 이 냄새가 미치게 매력적일 거다. 그래도 쉽게 오지는 못하겠지. 그래도 머리는 있는 놈들이니까."

"네?"

대체 무슨 이야기를 하시는 거지?

"내가 볼 때 지금 저들은 상당히 안달이 난 상황이다. 아마도 위에서 버림받았을지도 모르지. 하여 이에 대한 원인을 알아보기 위해서 금의위 납치라는 초강수를 둔 거야."

방 노사는 고기를 먹으며 말했다.

"원래라면 그런 생각을 하지 못했겠지만, 변절자의 존재가 그들이 결심하게 한 거지."

"그렇군요."

"그 안가를 태우지 않은 건 상부에 대한 정보를 캐기

위한 시간을 벌기 위함이겠지."

"안가를 태우면 훨씬 빠르게 강도 높은 조사가 들어갈 테니 말이죠."

"맞다. 그리고 금의위 무사들 중 한 명이라도 우리가 구출한다면 과연 청관이라는 녀석은 무사할까?"

"결코 무사할 수 없죠."

"그건 즉, 청관이라는 그 녀석의 머리에서 나온 거야. 결과적으로 그게 그의 발목을 잡게 되었지만 말이지."

그렇게 우리는 이에 대해 이야기를 하며 노루 고기를 뜯었다.

이렇게 먹으니까 제법 맛있네.

역시 고기는 숯불에 구워야 제맛이라니까.

그렇게 어느 정도 먹었을 때 그가 말했다.

"그럼 이제 슬슬 일어나 볼까?"

"네?"

"청관 그 녀석이 어디로 갔을 것 같냐? 분명 저들에게 우리의 존재를 알리러 갔겠지. 그럼 저들이 무사들을 이끌고 이곳으로 올 터. 잡혀간 금의위를 구할 기회는 바로 그때다."

"그럼 설마 이 고기 굽는 냄새는?"

"그래, 이곳으로 저들을 유인하기 위한 것이다."

그제야 나는 고기를 구운 진의를 알아차렸다.

물론 배를 채운 것도 덤이고.

*　*　*

청관은 옛날부터 돈이 좋았다.

돈을 많이 벌 수 있다는 말에 자원하여 고자가 되었고, 황궁에 내관으로 들어간 것이다.

그러던 중 그는 동창이 될 수 있는 기회를 얻었다.

동창이 다루는 건 정보.

그리고 정보는 돈이 되는 법이다.

하지만 보는 사람이 많은 곳은 피해야 했기에 일부러 황궁에서 먼 감숙성으로 왔고 그때부터 그의 세상이었다.

그는 자신이 얻은 정보를 다른 이들에게 팔아 돈을 챙기기 시작했다.

그렇게 제법 많은 재산을 모았지만, 문제가 생기고 말았다.

감숙성 북쪽에서 일어난 실종 사건을 조사하기 위해 금의위의 무사들이 파견 나온 것이다.

그리고 그들은 청관의 비리를 알게 되었다.

"감히 황제 폐하의 눈과 귀로서 의무를 다해야 하는 자가 사사로운 이득을 탐하다니! 이는 반드시 위에 보고하겠네!"

큰일이었다.

이대로는 자신이 모은 재산은 물론이고 목숨까지 부지하기 어렵게 되었으니까.

하지만 이대로 얌전히 죽을 순 없었다.

금의위의 뒤통수를 치기로 결심하고, 즉시 아이들을 납치하는 곳으로 추측되는 곳의 산채로 갔다.

그들에게 금의위 무사들의 정보를 팔아 버렸다.

그들은 금의위 무사들을 습격해서 납치했고, 그들에게서 정보를 캐내려 했다. 하지만 그들은 순순히 정보를 토해내지 않았다.

상관없었다. 그렇게 심문 중에 죽는다면 이번 일은 깔끔하게 끝나니까.

자신의 비리도 없었던 일이 되는 것이다.

'게다가 나에 대한 서류도 모두 없애 버렸으니까.'

그런데.

또 다른 문제가 생겼다.

그날 금의위 무사들을 싣고 산채로 간 마차를 수소문하는 이들이 나타난 것이다.

역시나 그들은 황제가 보낸 이들이었고, 금의위의 행방을 쫓고 있었다.

큰일이었다.

저들이 금의위를 구출한다면, 자신의 비리 역시 세상에 드러나게 될 터.

그래서 먼저 그들에게 접근했다.

다행히 그들은 자신을 조금도 의심하지 않았고, 작전을

실행하면서도 자신의 안전을 걱정해 피하게 했다.

기회였다.

그는 몰래 산채로 향했다.

"무슨 일입니까?"

그 얼굴을 자주 봤기에 산채의 이들은 그를 제지하지 않았다.

"비상 상황입니다. 채주님은 어디에 계십니까?"

"저 안에 계십니다."

"급히 뵈어야 할 일이 있습니다."

그는 채주를 만나 자초지종을 설명했다.

"그러니까, 지금 저쪽에 고기 굽는 냄새로 우리를 유인하겠다고 했다고? 하하하! 얼빠진 놈들."

채주는 상대를 비웃다가 이내 이를 갈았다.

"확실히 좋은 방법이긴 하지. 특히나 지금의 상황에서는 말이지."

상부의 명령으로 아이들을 납치했다. 하지만 아이들을 몇 번 데려간 후로 상부에서는 더 이상의 연락은 없었다.

심지어 지급하던 식량 역시 끊겼다.

조급해하던 그에게 금의위가 나타났고 청관의 말에 의하면 그들이 이번 사태와 연관이 있다고 했다.

하여 납치해서 족치고 있는 거다.

아직 입을 열고 있지는 않지만, 그것도 이제 곧이다.

그런 상황에서 더 많은 정보를 알고 있는 자들이 나타난 것.

"그렇다면 그에 응답해 주는 것이 예의지."

채주는 씩 웃었다.

"애들아. 연장 들어라."

채주의 명령에 그들은 각자 무기를 들고 청관이 말해 준 곳으로 달려갔다.

하지만 그곳에 도착했을 때, 그들의 눈에 보이는 것은 아직 온기가 있는 숯불과 먹고 남은 사슴 뼈뿐.

"아니, 다들 어디 간 거야?"

"이곳에 있다고 하지 않았습니까?"

그때 누군가 외쳤다.

"발자국이 이쪽으로 이어져 있습니다."

"그쪽으로 도망쳤다는 건가?"

"저희가 오고 있다는 정보를 미리 들은 것은 아닐까요?"

"누구에게 말이냐?"

"청관 그 화자 놈 말입니다."

"아니! 그놈은 동시에 두 곳을 이간질할 그런 인물이 못 된다. 소심한 놈이라서 말이지."

잠시 생각하면 채주가 말했다.

"흔적을 봐서는 열 명 남짓한 인원에 불과하다. 청관 그자의 말대로 말이지. 그리고 아무리 빨리 도주한다고 해도 이곳의 산세가 제법 험하니 얼마 가지 못했을 터. 잡아서 족치면 누가 배신자인지 알겠지."

그는 결정을 내렸다.

"발자국을 따라간다."

"네."

* * *

나는 산채로 접근했다.

백여 명에 달하는 이들이 산채를 나선 것은 확인했다.

기감을 끌어 올려 산채 안쪽을 살펴보자, 남은 인원도 비슷하게 백여 명 정도 되었다.

아마 청관이라는 자가 방심해서는 안 된다고 해서 최대한 전력을 많이 끌고 간 거겠지.

아, 고마워라.

현재 이 산채에 온 이들은 나와 내 일행뿐이다.

어르신과 석백 소이는 비전투인원이니만큼, 그들을 지키기 위해 그들의 호위가 붙어 있어야 했으니까.

그러니까 우리 여덟 명이 네 명을 구해야 하는 것이다.

방 노사가 말해 준 안가에 있던 다섯 명의 체격이나 생활 습관 등에 대해 본다면 그들 중 한 명은 청관일 테니까.

그러니 우리가 구해야 하는 자들은 총 네 명이지.

"어떻게 하시겠습니까?"

"최대한 은밀하게 들어갔다가 은밀하게 나오는 것을 목표로 하겠습니다."

내 말에 명종 무사가 물었다.

"충돌을 최대한 피하라는 말씀입니까?"

"네."

나는 고개를 끄덕였다.

"물론 마음 같아서는 저들을 다 쳐죽이고 싶습니다. 그럴 능력도 되고요. 하지만 그러다가 금의위 대협들의 목숨이 위험해지면 안 됩니다. 잊지 마십시오. 어디까지나 저희의 첫 번째 목적은 금의위 대협들의 구출입니다."

"알겠습니다."

"명심하겠습니다."

나는 추가로 지시를 내렸다.

"혹시라도 헤어질 일이 생긴다면 저와 팔갑, 여응암 무사님과 이필 무사님, 서우 무사님과 명종 무사님, 진유 무사님과 창운 무사님이 짝을 이루어 주십시오. 그리고 구출 후 제가 아까 말씀드린 그곳으로 오시면 됩니다."

"알겠습니다."

"그리고, 우리의 목적이 금의위 대협들의 구출이긴 하지만 그래도 가장 중요한 건 여러분들의 목숨입니다. 솔직히 제 호위라는 이유로 이런 일에 동원되는 게 참 미안하거든요."

"그리 생각하지 마십시오."

"그렇게 말해 주니, 고맙네요. 그럼 몸 조심하시고요. 갑시다."

내 신호에 우리는 산채 안으로 들어갔다.

진유 무사가 선두에 섰고, 서우 무사가 후미를 맡았다.

진유 무사는 살수 경험 덕분에 은밀히 움직일 수 있고, 상대의 기척을 느끼는 데에도 뛰어나니까.

바람같이 움직여서 우리 앞의 흑도인의 목을 꺾어 목숨을 끊었다.

그리고 벽에 잘 세워 놓았는데 누가 봐도 벽에 기대어 있는 것 같았다.

그렇게 순식간에 산채 내부로 들어갔다.

나는 기감을 집중해서 황궁무공을 익힌 이들의 기운을 찾았다.

황궁무공에는 그 특유의 기운이 있었고, 나 역시 황궁무공을 익혔기에 쉽게 그 기운을 찾을 수 있었다.

"찾았습니다."

나는 일행을 이끌고 산채의 지하로 들어갔다. 지하로 들어가는 돌계단을 밟고 내려가니, 그럴듯한 지하 공간의 모습이 드러났다.

아니, 그곳은 지하가 아니었다.

땅 아래쪽으로 연결된 동굴의 입구 쪽에 산채를 만들어 놓은 것이다.

다행인 건 동굴이 그리 넓지 않다는 것.

그리고 그 구조가 복잡하여 술래잡기를 하기에 제격이라는 것이다.

그곳은 감옥이었다.

앙상하게 마른 채 체념한 눈빛으로 허공을 바라보는 어린아이들이 보였다.

납치당한 아이들이겠지.

미안하지만, 지금 그 아이들을 구할 수는 없었다. 그 아이들을 데리고 안전하게 빠져나가기 힘드니까.

우리는 애써 고개를 돌리고 발길을 재촉했다. 그리고 곧 우리는 금의위 대협들이 있는 곳에 당도했다.

차악! 차악!

"크윽!"

채찍 소리와 신음이 들렸다.

"소용없어, 어차피, 크흑! 내 입에서 한마디도 들을 수 없…… 흐윽! 없으니까."

"이런 독한 놈! 역시 금의위라는 건가?"

목소리가 잔뜩 쉬었지만 그 억양이 익숙했다. 진영 대협이다.

"에잇! 어디까지 버티나 보자!"

치이이익!

"끄으으읍!"

더 이상 고문을 당하게 둘 순 없다. 우리는 그쪽으로 살금살금 다가갔다.

벽에 매달린 네 명.

솔직히 사람인지 사람을 닮은 뭔가인지 알아보기 힘들 정도였다.

사람을 저렇게까지 만들다니!

분노가 치밀어 올랐지만, 애써 냉정하게 주변을 살폈

고, 그곳에 있는 적들의 수를 헤아렸으며 그 경지를 가늠했다.

그대로 덮치면 충분히 진영 대협을 구할 수 있다는 판단이 들자, 나는 곧바로 전음을 보냈다.

– 지금입니다!

내 전음에 우리는 일제히 움직였고, 순식간에 그곳에 있던 모든 이들의 몸에 검날이 박혔다.

푹!

푸욱!

아주 간단하고 단순한 동작만으로 그들의 목숨을 거둔 우리는 소리가 나지 않게 그들을 내려놓았다.

"진영 대협, 괜찮으십니까?"

"자, 자네는!"

"쉿! 조용히 하십시오."

내 말에 그는 고개를 끄덕였다. 서우 무사는 벽에 매달려 있는 금의위 대협들을 고정한 쇠사슬을 검으로 잘랐다.

이전보다 검기의 수발이 자연스러워서인지, 제법 간단하게 잘렸다.

그걸 본 다른 이들은 깜짝 놀랐지만, 서우 무사의 경지를 알고 있는 진영 대협은 담담한 표정이었다.

우리는 미리 준비한 금창약을 그들의 몸에 바르고, 천으로 싸맸다.

상처가 덧나는 것을 막고, 피가 떨어져서 흔적을 남기

는 것을 막기 위함이었다.

그리고 우리는 아까 말한 대로, 두 명씩 짝을 지어 금의위 대협 한 명씩을 데리고 이동했다.

이번에도 조심스레 움직였다.

괜히 벌집을 건드리면 골치 아픈 법이니까.

하지만 어쩔 수 없는 경우에는 적을 베어 버릴 수밖에 없었다.

그렇게 동굴을 빠져나와 주변을 살폈다.

다행히 우리를 잡으러 나간 이들이 아직 돌아오지 않은 듯했다.

우리는 절벽 아래에 숨은 것처럼 적당히 흔적을 남겨서 위장했다.

나중에 돌아온 저들이 절벽 아래를 탐색하느라 고생깨나 하겠지.

그렇게 우리는 산채를 빠져나왔고, 미리 약속해 두었던 장소로 향했다.

그곳은 내가 이번 일을 위해 구매한 집이다.

인적이 드문 산기슭의 집을 급하게 구하는 것은 쉽지 않지만, 웃돈을 얹어주니 생각보다 쉽게 구할 수 있었다.

이것 역시 공무를 위해 쓴 것이니, 황제 폐하께서 모른 척하지는 않으시겠지.

"성공했구나!"

우리가 집으로 들어가자, 기다리고 계시던 방 노사님이 우리를 반겨 주었다.

"네, 성공했습니다."

"생각보다 능력 있는 녀석이었구나!"

"제가요?"

나는 저번에 방 노사님이 나를 보며 눈을 빛내던 것을 잊을 수 없었다.

황제가 눈을 빛내셨을 때와 마찬가지로 내 직감이 경종을 울렸으니까.

"설마 제가 잘나서 대협들을 구할 수 있었겠습니까? 모두 제 호위들 덕분이죠."

얼른 모든 공을 호위들에게 돌리며 말했다.

"그보다 어서 대협들을 침상에 눕혀야 할 듯합니다."

그때 진영 대협이 방 노사를 보더니, 눈이 휘둥그레지며 힘겹게 인사했다.

"바, 방 상서님 아니십니까? 금의위 진영이 방 상서님을 뵙습니다."

상서라면 육부의 수장이자 정이품의 관직이다.

그 정도로 고위 관리셨을 줄이야.

방 노사는 혀를 차며 손을 내저었다.

"은퇴한 늙은이일 뿐이니 예는 됐네. 그보다 어서 몸이나 추스르게나. 쯧쯧."

우리는 미리 준비한 침상에 네 명의 대협들을 눕혔다. 그리고 물수건으로 대협들의 몸을 닦아 주었다.

하인과 하녀들이 없으니, 우리가 직접 할 수밖에 없었다. 덕분에 알게 되었다.

그들의 상태가 살아 있는 게 용할 정도라는 것을.

지독하게도 고문했네.

물론 무공을 익힌 이들이니, 평범한 이들이라면 이미 죽었을 상처를 입고도 살아 있을 수 있었겠지.

그보다 이 고문을 버틴 대협들이 대단하다. 스스로 목숨을 끊지 않은 건 자신들을 구하러 올 누군가에게 반드시 전해야 하는 뭔가가 있기 때문일 터.

"아프겠지만 참으셔야 합니다."

나와 팔갑이 진영 대협에게 붙어서 그 몸을 물수건으로 닦아 주었다.

그리고 미리 준비한 금창약을 다시 바르고 길게 자른 붕대로 상처를 감았다.

전신에 빼곡하게 상처가 있었기에, 몸 전체를 감을 수밖에 없었다.

* * *

치료가 마무리되자, 진영은 긴장이 풀렸다.

자신들이 구출됐다는 게 실감이 난 것이다.

그는 조용히 방효명에게 고개를 돌렸다.

그는 병부상서를 역임하다가 칠 년 전, 황제에게 사직서를 올리고 낙향했다.

그런 분이 어째서 은서호와 같이 이런 곳에 있단 말인가.

"그런데, 방 상서께서 어떻게 여기 계시는지요? 분명이 근처인 난주에 계신다는 건 알고 있었지만…….""

"아아, 그거?"

방효명이 은서호를 가리키며 대답했다.

"저 녀석이 서신을 가지고 왔다. 서신을 보니까 황제 폐하께서 그대들을 구해 달라고 하시더군."

"네?"

"황제 폐하께서 말씀입니까?"

그 대답에 금의위 무사들은 깜짝 놀랐다.

"자네들도 알다시피 황제 폐하께서는 절대 자기 사람을 버리지 않으시지."

그가 본 황제는 인재를 무척이나 잘 알아보았고, 아주 탈탈 털어서 잘 써먹었다.

인재를 쥐어짜는 데 일가견이 있었기에 몸과 마음이 고 달프긴 했어도 그런 황제를 따를 수밖에 없었다.

자기 사람이라고 생각되면 전폭적으로 신뢰하고 밀어 주니까.

그리고 절대 버리지 않으니까.

하지만 이대로는 황궁에서 일하다가 죽겠구나 싶어서 낙향했는데……

'젠장! 황명으로 부르면 내가 안 갈 수가 없잖아!'

갑자기 분노가 치밀어 올랐다.

하지만 그런 추태를 저들 앞에 보일 순 없는 법.

"그러니까 몸을 잘 추스를 생각을 하시게. 황제 폐하

앞에 서서 감사하다고 인사를 드려야 할 것 아닌가?"

"크흡!"

"황제 폐하!"

"크흐윽……."

그들은 눈시울을 붉히고 눈물을 삼켰다.

솔직히 금의위 무사들은 황제 폐하에 대한 충심으로 그 모진 시간을 버텼다.

또한 자존심도 한몫했다.

황제 폐하의 손과 발인 자신들이 고통에 굴복할 수는 없는 법이니까.

그 고통이 너무 심해서 죽고 싶은 마음이 들었어도, 그들은 스스로 목숨을 끊지도 않았다.

자신들이 아는 것을 어떻게든 전해야 했으니까.

그러나 그것뿐.

황제를 전적으로 믿은 건 아니었다.

솔직히 충심과 믿음은 좀 다른 영역의 것이니까.

그런데 황제가 자신들을 구하기 위해 낙향한 사람에게까지 서신을 보냈다는 것에 감동해 버렸다.

지금 이 순간, 그들은 황제에게 자신의 몸과 마음과 영혼까지 다해 충성할 것을 다짐했다.

한편 방효명은 은서호를 보며 입맛을 다시고 있었다.

그는 인재 중의 인재였다.

'황제가 인재를 봤을 때 이런 기분이었던가?'

그나저나 조금만 더 가르치면 쓸 만해질 듯했다.

'좀 더 가르쳐서 저놈을 나 대신에 황궁에 박아 버릴까?'

은서호가 들었으면 기겁할 만한 생각이었다.

* * *

나는 순간 오한이 들어 팔을 비볐다.

"왜 그러십니까요?"

팔갑의 물음에 나는 고개를 저었다.

"아무것도 아니야. 갑자기 추워져서."

"네? 도련님이 춥다고요?"

내가 생각해도 말이 안 되네.

나는 금의위 대협들이 방 노사를 바라보는 눈빛에 고개를 갸웃했다.

존경으로 가득한 눈빛.

물론 상서라는 지위에 있었으니 금의위 대협들이 알아볼 만도 했지만, 존경의 눈빛을 보낼 정도는 아닌데?

그건 그렇고.

"한 가지 여쭤보고 싶은 것이 있습니다."

"무엇인가?"

"다른 분들의 무위는 잘 몰라도 진영 대협의 무위는 일류에 달해 있습니다. 그리고 황궁무공을 사용하면 일시적이지만 절정에 달한 위력을 발휘하죠."

"그렇지."

"그런데 어찌하여 그리 허무하게 잡히신 겁니까?"

내 물음에 진영 대협은 이를 갈았다.

"청관! 그 작자 때문이다!"

청관이 비리를 저지른 것을 알고 진영 대협이 이에 대해 추궁한 것이 이 일의 발단이라는 것.

그리고 청관이 금의위들에게 독을 썼고 하여 뒤이어 들어온 산채의 흑도들에게 속수무책으로 당하고 말았다는 것을 말해 주었다.

"역시나! 그 녀석이 문제였군."

"혹시, 청관이라는 자를 만나셨습니까?"

"만났지."

방 노사의 말에 진영 대협이 몸을 일으키려다 고통에 이를 악물며 말했다.

"그, 그래서…… 어떻게…… 이곳에 대해서 알려졌다면 큰일……."

"안심하셔도 됩니다."

나는 씩 웃었다.

"여기에 대해서는 모르니까요."

"모른다고?"

"네. 다행히 방 노사께서 그자를 보자마자 수상하다는 것을 알아차리신 덕분에 조치를 취할 수 있었습니다."

나는 청관과 산채의 흑도들을 어떻게 농락했는지 설명해 주었다.

"허……."

"그리 대담한 방법을!"

"그나저나 지금쯤 산채는 난리가 났을 텐데…… 청관공은 지금 자기 몸 하나 지키는 것도 힘들지 않을까요?"

* * *

그 시각.

은서호의 말대로 산채는 난리가 났다.

정보를 알아내기 위해 억류하여 고문 중이던 금의위 무사 네 명이 싹 사라진 것도 모자라, 수십 명이 죽었다는 걸 뒤늦게 발견했기 때문이다.

"이, 이게 대체 어찌 된 일이야!"

채주는 몸을 바들바들 떨며 분노했다.

청관이 알려 준 이들을 잡으러 갔지만, 그들이 그 흔적을 쫓아갔을 때 그곳에 있던 건 땅에 꽂아 놓은 사슴 뼈 하나였다.

명백한 조롱의 의미.

이에 분노하며 돌아왔더니, 더 분노할 일이 있던 것이다.

그렇다.

그들은 처음부터 끝까지, 완전히 속아 넘어간 것이다.

채주는 이 일의 발단을 떠올렸다.

멀리 갈 것도 없었다.

"청관, 그 새끼 당장 잡아 와!"

"네!"

.

.

.

한편, 청관은 이제 거칠 것이 없었다.

그의 비리를 알고 있던 금의위도 잡혀가고, 또 그들을 찾으러 온 이들 역시 잡혔을 테니까.

혹시 몰라 만반의 준비를 하라고 친절하게 말해 주기까지 했으니, 최대한의 전력을 끌고 갔을 터.

그러니 혹시라도 산채의 이들이 그들을 놓쳤을 가능성은 없었다.

이제 남은 건 마무리 작업이었다.

그래도 이 일에 대해서 윗선에 보고는 해야 했으니까. 하지만 곧바로 보고하지는 않을 생각이었다. 너무 빠르게 보고하면 자신이 의심을 받을 수도 있으니까.

그는 자신의 정보를 원하는 이를 만나고 자신의 처소로 가는 중이었다.

그때 뒤에서 누군가 그를 불렀다.

"청관 공?"

이에 고개를 돌려보니, 낯이 익은 이들이다.

"산채 분들이시군요. 제게 무슨 볼일이라도?"

"채주님께서 부르십니다."

"지금 말입니까?"

"네. 채주님께서 청관 공에게 감사를 표하고 싶고, 물어볼 것도 있다고 합니다."

이에 청관은 의심하지 않고 흔쾌히 고개를 끄덕였다.

"좋습니다. 갑시다."

"저희가 모시겠습니다."

그렇게 그들은 산채로 향했고, 청관이 산채에 들어서서 채주에게 포권을……

쾅-!

하기도 전에 그는 채주의 공격에 날아가 벽에 처박혔다.

"크윽! 채주! 이게 무슨 짓입니까?"

"무슨 짓? 이 × 같은 화자 새끼야! 우리를 쌍으로 엿 먹이니까 기분 좋냐? 이 ××놈아!"

"그, 그게 무슨 말입니까? 제가 왜 그쪽을 엿 먹입니까?"

"저 아래에서 그놈들이 고기를 굽고 있을 거라면서? 그런데 갔더니 사슴 뼈다귀만 있더라?"

"네?"

"혹시나 싶어서 흔적을 따라 추적했더니, 그 끝에 있는 것도 사슴 뼈다귀더라?"

"……"

"그리고 돌아와 보니, 금의위 녀석들이 사라지고 우리 애들이 죽어 있더라?"

"그럼 이 상황에서 내가 누굴 족쳐야겠냐?"

그 말에 청관의 얼굴은 하얗게 질렸다.

그렇다면 이번에 황궁에서 온 이들은 청관의 검은 속내를 처음부터 알아차렸다는 의미였으니까.

즉, 그 역시 속아 넘어간 것.

"저, 저도 억울합니다! 저도 금의위가 구출되는 것을 원하지 않는단 말입니다."

그 말에 채주가 콧김을 내뿜으며 말했다.

"그러고 보니, 뭔가 좀 이상했지. 동창의 일원이 금의위를 팔아넘기다니 말이야. 솔직하게 말해라. 네놈, 우리를 이용했구나!"

스르릉.

채주가 검을 뽑자, 청관이 다급히 외쳤다.

"저, 저는, 아니 나는 동창! 황제 폐하의 직속 수하다! 그런 나를 건드리는 건 역모죄에 해당한다!"

"웃기는 소리 하네. × 같은 새끼. 야! 우리가 금의위를 건드렸을 때부터 우리에게 그런 거 없었어."

채주의 말에 주변의 이들이 고개를 끄덕였다.

"그렇긴 하지."

"우리가 그런 거에 쫄았으면 애초부터 금의위 녀석들을 건드리지 않았겠지."

"뭐, 이래 죽으나 저래 죽으나."

청관은 그들의 살기등등한 모습에 주저앉은 채로 뒷걸음질 쳤지만, 곧 벽에 막혀 버렸다.

그 순간, 그의 몸이 숙 하고 움직였다.

동창들이 익히는 무공의 특징이 바로 은밀하고 신속한

움직임.

퍽─!

하지만 채주의 무공 수위가 더 높았기에, 그는 붙잡혀 바닥에 내동댕이쳐질 수밖에 없었다.

순식간에 그의 혈도를 점한 채주가 명령했다.

"지하로 끌고 가라!"

"네!"

그렇게 청관의 도주 시도는 실패했고, 금의위 무사들이 매달렸던 벽에 대신 매달리게 되었다.

* * *

나는 금의위 대협들의 상처를 살폈다.

비싸고 좋은 약을 쓴 덕분에 생각보다 회복이 빨랐지만, 워낙 상처가 심각했다.

뼈가 보일 정도로 심한 상처도 있었으니까.

"크윽……."

"괜찮으십니까……? 좀 미련한 질문이었네요. 당연히 괜찮지 않으실 텐데."

"그래도 우리가 살아 있다는 것에 감사하네."

진영 대협의 말에 모두 고개를 끄덕였다.

"문제는 우리가 황제 폐하의 명을 완수하지 못했다는 것이야."

"큭! 진 대협의 말대로입니다. 그것이 원통할 뿐입니다."

이에 방 노사가 혀를 찼다.

"과잉충성이네, 그거. 그냥 몸이나 추스를 생각이나 할 것이지."

그 말에 나는 부드럽게 말했다.

"이분들에게는 이분들만의 생각과 사정이 있는 겁니다. 그러니 너무 타박하지 마세요."

그리고 고개를 돌려 금의위 대협들을 보며 말했다.

"그래도 그 고통을 견디며 알아내신 것들은 추후 이 일을 해결하는 데 큰 단초가 될 것입니다. 그것만으로도 대협들께서는 충분히 할 일을 하신 겁니다."

내 말에 그들은 감동한 표정을 지었고, 방 노사는 그저 허허 웃을 뿐이었다.

나는 금의위 대협들이 고문을 당하는 와중에도 정보를 모았다는 것에 깜짝 놀랐다.

그들은 "금의위라면 누구나 받는 훈련의 일환일 뿐이네."라고 했지만, 훈련과 실제는 다른 법이니까.

게다가 훈련받은 대로 행할 수 있는 정신력까지!

역시 금의위는 금의위구나 싶었다.

그때 방 노사가 내게 물었다.

"그래서, 청관 그 자식은 그냥 내버려두자는 것이냐?"

"아뇨."

나는 고개를 저었다.

"솔직히 마음 같아서는 그대로 죽게 내버려두고 싶긴 한데요. 그래도 살려서 황궁으로 데리고 가야죠."

나는 말을 이었다.

"그자가 그 비리를, 혼자서 저지르는 것이 가능할까요? 저는 분명 그자의 비리를 눈감아 준 누군가가 있었다고 봅니다. 그러니까 구출해서 황제 폐하 앞에 데려다가 탈탈 털어놓게 만들어야죠."

"그렇긴 하지."

금의위 대협 중 하나가 말했다.

"고문 기술은, 황궁 쪽이 더 우위니까."

그리 말하는 그 목소리에는 한기가 서려 있었다.

"아, 물론 구출하는 와중에 팔다리가 하나씩 사라져도 어쩔 수 없는 일이고요."

"그것도 맞네."

"그런데, 이번에는 정말 쉽지 않은 일이 될 텐데."

방 노사의 말에 나는 웃었다.

"약한 말씀 하시네요. 노사님께서 계책을 내 주신다면 어렵지 않을 텐데요."

"이 녀석, 내 얼굴에 금칠을 하는구나. 허허허."

그래도 칭찬이 싫지는 않으신 모양이다.

그때 진영 대협이 물었다.

"증원은 요청하지 않는 겁니까?"

"아, 그게요……."

내가 방 노사를 흘깃 보자, 그가 대신 설명했다.

"황제 폐하께서 이 친구에게 서신을 전달하게 했는데, 이 친구를 쫓는 이들이 있었다고 하네."

"네?"

"그렇다면?"

"분명 어디선가 황제 폐하의 명령이 새어 나간 거지. 그런 상황에서 증원 요청을 하면 어찌 되겠나?"

"문제가 심각해지겠군요."

"그래. 그러니 이 문제는 우리끼리 해결해야 하는 거지."

"……저희가 그런 줄도 모르고 너무 큰 부담을 드린 것 같습니다. 죄송합니다."

"됐네. 나는 잠시 고기 좀 구워 먹으며 생각 좀 해 볼 테니까 몸이나 좀 추스르게나."

"네."

그렇게 방 노사님이 나가고, 금의위 대협들은 이런저런 이야기를 했다.

"방 상서님께서 나서신다면 성공적으로 일을 해결할 수 있겠군."

"그나저나 황궁에서부터 방 상서님께 보내는 서신을 노리다니!"

"대체 어떤 작자들일까요?"

"짐작 가는 이들이 몇 있긴 한데……."

그때 나는 슬그머니 진영 대협에게 물었다.

"저, 대협. 방 노사님께서는 대체 어떤 분이십니까?"

"음? 그건 왜 묻는가?"

"사실 방 노사님과 함께 하면서 범상치 않은 분이라는

생각이 들었거든요."

진영 대협은 침음성을 내더니, 진지한 표정으로 물었다.

"……정말 방 상서님이 누군지 모르는가?"

"네."

"그럼, 명판관 육식공(肉食公)이라고는 아나?"

"당연히 알죠."

내가 아주 어릴 적에 활동했던 육식공이라 불리는 명판관이 있었다.

고기를 너무 좋아해서 육식공이라 불렸는데, 그 집념과 번뜩이는 계책으로 억울한 이들의 누명을 밝혀 준 것만 해도 수천 건에 달했다.

그만큼 억울한 이들이 많다는 반증이기도 했지만.

아무튼, 범죄를 저지른 자는 육식공 앞에서 함부로 얼굴을 들지 못했으며 백성들은 그를 칭송했다.

하지만 육식공은 처세술이 뛰어났는데, 그 모든 칭송을 황제의 공으로 돌렸다.

"태상황 폐하께서는 그분을 형부의 관리로 임명했고, 결국 형부상서까지 오르셨네."

"그럼 그 육식공이 방 노사님이셨다는 건가요?"

"그렇지."

내가 방 노사님이 그 육식공이라는 것을 몰랐던 건 이유가 있었다.

무척이나 철저하게 자신의 이름을 숨겼기 때문이다.

그 역시 처세술의 일환일 터.

"그러다가 칠 년 전에 사직서를 황제 폐하께 올리고 낙향하셨지."

"그러셨군요."

"그런데 그런 분을 다시 부른다는 건 아무래도 황궁에 그분의 도움이 필요한 일이 생긴 듯하군."

진영 대협은 이를 갈았다.

"내가 몸이 성해야, 어서 가서 황제 폐하의 도움이 될 수 있을 텐데."

그는 무척이나 원통해했다.

그도 그럴 게, 다들 부상이 너무 심해서 다시 금의위로서 활동할 수 있을지 확신할 수 없는 상황이기 때문이다.

그때 팔갑이 다가왔다.

"붕대를 갈 시간입니다요."

"아, 그래?"

팔갑은 진영 대협의 다리의 붕대를 풀었다. 여전히 몸 서리쳐질 만큼 끔찍한 상처.

이 상처들을 낫게 해 주고 싶었다.

그건 단순한 측은지심 같은 감정에서 비롯된 생각은 아니었다.

물론 그런 감정도 들었지만, 황제 폐하 곁에 인재들이 많아야 내가 업무 노예로 끌려가지 않을 거 아니야.

이 근처에 상처 회복에 좋은 영약이 있던가?

전에 금령이 빼돌린 신령혜복실이 있긴 하지만 그걸 나

누어 먹여도 효과가 있을지 모르겠다.

그때 금령이 내 옷소매 안에서 빼꼼히 고개를 내밀었다. 그리고 팔갑에 손에 들린 약을 보며 눈을 빛냈다.

이 녀석, 비싼 건 어찌 이리 귀신같이 알아보는지.

– 꾸이!

– 안 돼! 저건 먹는 거 아니야.

전음을 쓸 수 있어서 다행이라는 생각이 들었다. 아니었다면 진영 대협은 분명 이상하게 생각했겠지.

– 꾸이…… 꾸이……

– 이 녀석이…….

나는 얼른 은자를 꺼내어 금령의 입에 물려주며 달랬다. 그리고 들키지 않게 옷소매에 넣었는데…….

아이쿠!

하필이면 진영 대협의 상처에 금령의 침이 떨어졌다. 다급히 그 침을 닦으려는 내 눈에 심상치 않은 현상이 보였다.

금령의 침이 닿은 곳의 상처가 급속도로 아물고 있었기 때문이다.

설마, 금령이의 침이……?

나는 내 옷자락에 묻은 금령이의 침으로 긁힌 자국을 슬쩍 문질러 보았다.

"……!"

긁힌 흔적이 사라졌다.

나는 가슴이 두근두근 뛰었다.

동네 사람들! 금령이가 아주아주 기특한 놈이에요!

금령이의 침에 이런 효능이 있었다는 것을 이전에는 왜 몰랐을까?

아니, 어쩌면 최근에 생긴 능력일 수도 있다.

내가 돈을 그렇게 많이 먹였나?

아무튼, 이에 대해서는 나중에 사부님께 여쭤보기로 하고, 곧바로 방을 나섰다.

대접을 하나 구해서 내 방으로 향했다.

그리고 금령을 꺼내 대접 앞에 놓았다.

"금령아, 이거 먹고 싶지?"

금령은 내 다른 쪽 손에 들린 금자를 보더니, 눈을 빛내며 침을 줄줄 흘렸다.

은자도 아니고 무려 금자다.

똑, 또옥,

내 계획대로 침이 대접에 잘 모이고 있었다.

이제는 금령의 침마저 사랑스러워 보였다. 아, 내가 너무 속물이 되어 가나?

아무튼, 어느 정도 금령의 침이 대접에 모이자 나는 금령에게 금자를 주었다.

나도 마음이 약해져서……

금령은 금자를 욤욤 먹어치웠다.

아이구, 잘 먹네. 우리 금령이.

금자를 먹어치운 금령은 내 시선을 알아차렸는지, 움찔하더니 몸을 부르르 떨었다.

야…… 나 상처받으려고 그러잖아.

.

.

.

다음 날 아침.

나는 금령의 침이 담긴 그릇을 가지고 다시 금의위 대협들이 있는 곳으로 갔다.

"팔갑아, 이걸 대협들의 상처에 발라 드려."

"그게 뭔가?"

진영 대협의 물음에 나는 뒷목을 긁으며 말했다.

"사실, 간밤에 어떻게 하면 대협들의 몸이 빨리 회복될 수 있는지 정안수를 떠 놓고 밤새 치성을 드렸습니다. 그리고 간밤에 꿈에 한 신령한 분께서 나타나서 제가 떠 놓은 정안수를 상처에 발라 드리라고 했습니다."

"신기한 일이군."

"그러게 말입니다. 단순한 꿈일 수도 있지만, 밑져야 본전 아니겠습니까?"

내 말이 통할까 싶었지만, 그래도 세상에는 개연성 없는 일도 있으니까.

그렇다고 금령이의 침이라고 솔직하게 말하는 건 좀 그렇잖아?

아무리 침 바르면 낫는다는 말도 있지만, 선입견이라는 건 무서운 거라고.

팔갑은 내가 건넨 대접에 담긴 정안수, 사실은 금령의

침인 물을 대협들의 상처에 발랐다.

"어? 어어? 흐익!"

그리고 팔갑은 깜짝 놀라 소리쳤다. 그도 그럴 것이 대협들의 상처가 급속도로 낫기 시작했기 때문이다.

"엄청 영험한 신령님이시네요."

팔갑의 말에 모두 고개를 끄덕였다. 그게 아니고서는 설명이 되지 않았기 때문이다.

어느새 뼈가 보였던 부분은 새살이 자라기 시작했고, 자잘한 흉터는 흔적도 없이 사라졌다.

그 모습을 보며 나는 흡족한 표정을 지었다.

열심히 금령의 침을 그릇에 받은 보람이 있었다. 하지만 저게 금령의 침이라는 건 되도록 비밀로 할 생각이다.

다른 게 문제가 아니라, 금령이가 위험해질 수 있으니까.

그날 오후.

방 노사는 작전을 하나 제안했다.

"그냥 싹 쓸어버리는 것이라면, 지금의 전력으로 가능한 일이지만 아이들을 구해야 하는 것이 문제더구나."

"그렇죠."

"그래서 말인데, 수면독을 이용해 보자꾸나."

"수면독이요?"

"그래, 혹시 몰라서 내가 전에 종종 쓰던 수면독을 챙겨 왔거든."

방 노사는 옷소매에서 통 하나를 꺼내었다.

"이게 생각보다 효과가 아주 좋다. 내가 예전에 좀 날렸거든? 그런데 무공을 못 쓰다 보니 이런 것들이 필요할 때가 있더구나."

방 노사가 나에게 물었다.

"혹시 비겁하다고 비난하는 건 아니지?"

"제가 왜 노사님을 비난합니까? 모로 가도 이번 일만 해결하면 되는 거 아닙니까?"

"마음에 드는 말이구나. 흐흐흐."

방 노사는 웃으며 말했다.

"그런데 말이지, 이걸 저들에게 먹여야 하거든. 해서 생각한 방법이 있는데……."

* * *

개승이라는 이름으로 불리는 사내는 사타구니를 긁적였다.

꼬르르륵.

아까부터 배에서 들려오는 소리에 그는 한숨을 내쉬었다. 상부에서 지원해 주던 식량이 끊긴 지 벌써 보름이 넘었으니까.

"배고파 뒤지겠네."

"이러다가 우리 전부 굶어 죽는 거 아녀?"

"불길한 소리 하지 마! 이 새끼야!"

하지만 그 불안감은 점점 현실이 되어 가고 있었다. 급한 대로 산짐승을 잡고 나무껍질을 벗겨 먹고 있지만, 턱없이 부족했다.

더군다나 요즘은 춘궁기.

일반 농민들도 배를 곯기 시작하고 있는데, 그들이 어디서 식량을 구할 수 있겠는가?

그래서인지, 아니면 이곳을 지나다가 털린다는 소문이 돌아서인지 상단의 상행도 보이지 않고 있었다.

그때였다.

달그락, 달그락,

저 아래에서 들리는 소리에 개승과 일행은 촉각을 곤두세웠다.

"이 소리는 분명, 수레바퀴 소리야!"

"상단인가?"

"어, 어떻게 하지?"

"어떻게 하긴! 당장 채주님께 알려!"

그렇게 한 명이 산채로 다급히 달려가 채주에게 보고했다.

그러자 채주는 다급히 수하들을 이끌고 내려왔다.

얼마나 기다렸을까?

드디어 수레들이 보였다.

은해상단의 표식을 단 수레들이었는데, 그 수레에 실린 가마니는 분명 식량이 분명했다.

"흐흐흐! 이거 죽으라는 법은 없구나!"

"오늘 오랜만에 배터지게 먹어 보자!"

그들은 수레가 가까이 오기를 기다렸다가 채주의 신호에 맞춰 화살을 쏘았다.

팍!

파팍!

갑작스러운 기습에 상단 사람들은 혼란에 빠졌다.

"젠장! 녹림이다!"

"표물은 포기해라!"

"하, 하지만! 저 쌀들은…….."

"어서 피하라고! 그러다가 뒤지고 싶어?"

그렇게 상단의 이들은 표물을 포기하고 도망치기 시작했다.

"쫓을까요?"

그 물음에 채주는 고개를 저었다.

"그럴 필요까지는 없다. 괜히 힘 빼지 마라."

"네!"

"오늘은 오랜만에 쌀밥으로 배를 채울 수 있겠군. 가자!"

* * *

나는 저 멀리 수레가 사라지는 것을 보았다.

후, 일단 작전 성공인가?

"수고하셨습니다."

내 말에 모두 씨익 웃었다. 특히 명종 무사와 창운 무사는 묘하게 상쾌해 보였다.

"주군과 함께 다니다 보면 마치 영웅담에 나오는 인물이 된 것 같습니다."

"저 역시 그렇습니다."

그들의 말에 나는 부드럽게 말했다.

"싫지 않다니 다행이긴 하지만, 그래도 매사에 몸조심하셔야 합니다. 목숨은 두 개가 아니니까요."

"명심하겠습니다."

"그럼, 진유 무사님. 저들의 움직임을 살펴 주세요."

"알겠습니다."

"우리는 돌아가서, 마저 준비하죠."

우리가 돌아오자 방 노사가 우리를 맞아 주었다.

"그래, 잘들 하고 왔느냐?"

"네."

우리는 저들에게 수면독을 먹여야 했고, 그래서 생각한 방법이 바로 일부러 쌀을 뺏기는 방법이었다.

일부러 도정한 쌀을 가져갔으니, 쌀에 수면독 알갱이가 섞여 있다고 해도 전혀 모를 터.

밥을 지으면서 쌀을 씻을 수도 있겠지만, 그래도 상관없었다.

물에 잠시 닿는다고 녹지는 않으니까.

뜨거운 물에 닿으면 독이 녹을 수도 있지만, 그건 이미 밥솥에 들어간 상태니까.

방 노사님은 보통 차에 넣어서 상대방을 재웠다고 했
다.

쌀을 익히는 도중에 수면독이 완전히 퍼지겠고, 그 밥
을 먹으면 한 시진 이내에 세상모르고 잠에 빠질 터.

그때가 우리가 움직일 때다.

"그럼 슬슬 준비하자."

우리는 지붕이 있는 마차를 끌고 산 아래쪽으로 향했
다.

아이들을 태우고 움직여야 했으니까.

그때 이필 무사가 나에게 다가왔다.

"주군, 군영에서 지원군이 당도했습니다."

금의위 대협들은 감숙의 군영으로 향했고, 그곳에서 지
원군을 이끌고 왔다.

북경에서 증원군을 요청한다면, 그만큼 시간도 걸리고
북경에서 암약하고 있는 세력에게 정보가 누설될 수 있
기에 이곳 감숙성 군영에 지원군을 요청하기로 했다.

황궁무공을 익힌 정예병은 아니겠지만, 그래도 도움은
될 테니까.

그렇기에 더더욱 수면독이 필요했다.

최대한 피해는 줄여야지.

저녁이 되자, 진유 무사가 우리에게 돌아왔다.

"어찌 되었나요?"

"네. 저희에게서 빼앗은 쌀로 밥을 지어 먹었습니다. 그리고 여러 명이 잠드는 것까지 확인했습니다."

그렇다면 이제 움직일 때가 되었다는 거지.

나는 이필 무사에게 말했다.

"군영의 지휘관에게 우리 역시 준비가 되었다고 전해 주세요."

"알겠습니다."

나와 일행은 왼팔에 붉은색 천을 묶었다. 그게 아군이라는 표식이다.

저들이 산채의 이들을 제압하는 동안, 우리는 아이들을 구하기로 했으니까.

청관 공을 구하는 건 나중 순서이고.

그때였다.

하늘로 화살 하나가 날아올랐다.

저들이 움직이겠다는 신호다.

우리는 은밀하게 잠입해서 산채 안으로 들어갔다.

그나저나 방 노사님이 주신 수면독, 효과가 엄청 좋네. 모두 벽에 기대어 쿨쿨 자고 있었다.

대체 어떻게 손에 넣으신 거지?

뭐, 원체 수완이 좋기로 유명한 분이니.

덕분에 우리는 편하게 산채 안으로 들어갈 수 있었고, 곧바로 지하로 향했다.

지하에는 그때 봤던 어린아이들이 있었다.

"움직일 수 있겠니?"

우리를 본 아이들은 두려움 가득한 표정으로 뒷걸음질 쳤다.

"누, 누구세요?"

"우리는 황궁에서 왔어. 너희를 구해 주기 위해서 왔단 다."

"전에는 그냥 갔잖아요."

역시 그때의 우리를 기억하고 있었다.

"그랬지."

나는 부인하지 않았다.

"그때는 우리의 준비가 부족했거든. 그때 너희를 데리고 나갔다가는 다 죽었을 거야."

"그럼 지금은요?"

"그만큼 만반의 준비를 하고 왔지."

나는 서우 무사를 보았고, 서우 무사는 검으로 아이들이 갇혀 있는 뇌옥의 쇠사슬을 잘라 버렸다.

서걱―.

쨍그랑.

쇠사슬이 잘리며 문이 열렸고, 나는 안으로 들어가 아이들에게 말했다.

"어서 나가자."

내 말에 아이들은 하나둘 자리에서 일어나 뇌옥을 나왔다.

위에서는 사람들이 분주하게 움직이는 소리가 들렸다.

그 소리에 아이들이 겁에 질려 몸을 움츠렸고, 나는 그들을 진정시켰다.

"괜찮아. 이 산채에 있는 나쁜 아저씨들을 잡아가기 위해 온 좋은 아저씨들이니까."

그리 말하며 나는 아이들을 이끌고 올라갔다.

그때 한 아이가 말했다.

"저쪽에 한 아저씨가 잡혀갔어요."

"그래?"

"나쁜 아저씨들이 그 아저씨를 엄청 많이 괴롭혔어요."

청관 공에 대한 이야기인 듯했다.

"그런데 그 아저씨는 맞아도 싸요. 전에 여기 잡혀 왔던 아저씨들을 팔아먹었대요."

아이들이라고, 생각이 없는 건 아니다.

갇혀 있으면서도 들려오는 이야기를 들으며 상황을 정리한 것이다.

"그 아저씨도 구할 거예요?"

"구하긴 해야겠지. 하지만 나중에. 지금은 너희들을 안전하게 데리고 나가는 것이 우선이니까."

그렇게 우리는 아이들을 데리고 동굴을 빠져나왔다. 이미 산채 쪽은 대부분 정리가 끝나 있었다.

잠이 든 이들을 추포하는 것뿐이었으니, 사실상 거저먹기였다.

그들은 갑자기 나타난 우리를 보며 일제히 무기를 겨누었지만, 이내 무기를 거두었다.

우리의 왼쪽 팔에 묶인 붉은색 천을 확인한 것이다.

"여러분들이 바로 황제 폐하께서 보내신 이들이군요."

"네. 그렇습니다. 지금 아이들을 구해서 나오는 중입니다. 이곳의 상황은 어떻습니까?"

내 물음에 그들 중 하나가 대답했다.

"이제 남은 이들은 몇 없습니다."

"다행이군요. 끝까지 부탁드립니다."

"물론입니다."

그렇게 아이들을 데리고 산채를 나서려던 그때였다.

"……!"

온몸의 솜털이 곤두서는 기분.

나는 순간적으로 검을 들어 앞을 막아섰다.

챙—!

내 검에 묵직한 뭔가가 느껴졌다. 고개를 들어 보니 한 사내가 손에 낀 조갑(爪鉀)이 내 검에 막힌 상태였다.

나는 얼른 상황을 알아차렸다. 애초에 동굴 위에 지은 산채이다 보니 바닥에 숨을 수 있는 곳이 있던 것이다.

그곳에 숨어 있다가 불시에 공격한 것.

상대의 실력은 완숙한 일류 정도.

그렇다면 산채의 채주일 것이다.

그런데 어떻게 수면독이 통하지 않은 거지?

"너로구나! 나를 엿 먹인 놈이!"

"당신이 채주입니까?"

"그래, 내가 이 산채의 채주다. 그 표정을 보니 내가 왜 잠들지 않았는지 궁금한가 보구나."

"……."

"너는 나에 대해서 조사를 좀 더 해야 했다. 나는 웬만한 독에는 내성이 있거든. 그리고 밥을 한 숟가락 먹어 본 순간 알겠더군. 수면독이 들어 있음을."

그의 말에 나는 곧바로 명령했다.

"지금 당장, 모두를 데리고 이곳에서 피하세요."

"네?"

"주군! 저희도 돕겠습니다."

서우 무사와 다른 이들의 말에 나는 단호하게 말했다.

"명령입니다. 반론은 듣지 않겠습니다. 지금 당장 모든 이들을 데리고 제가 있는 곳에서 물러나세요!"

그리고 검을 휘둘러 그를 산채 밖으로 밀어붙였다.

쾅-!

그는 내 검을 막으며 피식 웃었다.

"그래, 본격적으로 해 보자는 거지?"

내가 모두를 내게서 물러나게 한 이유. 그건 바로 채주의 무공 특성 때문이었다.

수면독을 알아볼 정도의 감각.

그리고 웬만한 독에 내성이 있다는 것.

마지막으로 채주가 손에 낀 조갑의 끝이 푸르다는 것.

그건 바로 채주가 독공을 쓰는 인물이라는 의미다.

독공은 그 특성상 주변에 광범위한 피해를 입힐 수 있기에 모두를 물러나게 한 것이다.

다행히 나는 태음빙해신공을 익힌 덕분에 독기에 쉽게

당하지 않는다.

그렇기에 내가 채주를 상대하기로 한 것이다.

챙! 채챙-!

내 검과 채주의 조갑이 연속해서 부딪혔다.

채주와 내 경지 차이를 생각하면 쉽게 제압할 수 있을 거라고 생각했는데, 조갑이라는 무기가 생각보다 까다로웠다.

조금이라도 긁히면 안 된다는 제약이 있었으니까.

스윽-! 사악!

쌔애액!

게다가 상대도 죽을 각오로 저항하니 더더욱 쉽지 않았다.

이대로는 빨리 결판이 안 날 것 같네.

그때 문득 든 생각.

잠깐, 나는 독이 듣지 않잖아?

그렇기에 다른 이들을 모두 물리쳤음에도, 그걸 간과하고 있었다.

그렇다면 해 볼 만했다. 나는 검을 들어 그자를 바라보며 다시 내공을 끌어 올렸다.

진설십이식검법의 설풍.

빠른 몸놀림에는 나 역시 쾌검으로 상대해 줘야지.

그리고.

슉-!

슈욱-!

우리 둘은 서로를 향해 쇄도했다.

채주의 조갑이 내 옆구리를 얕게 벰과 동시에 그의 눈동자에서 희열이 느껴졌다.

내가 일부러 당해 줬다는 걸 모르나 보군.

지금이다.

서걱-!

채주를 향해 검을 크게 휘둘렀고, 내 검은 그의 두 팔을 잘랐다.

툭, 투욱.

채주의 잘린 팔이 바닥에 나뒹굴었다.

"크아아악!"

채주는 그 자리에 주저앉아 고통에 찬 비명을 내질렀다.

하지만 이내 내 옆구리의 상처를 보더니, 히죽 웃었다.

"흐흐흐, 네놈도 내 독에 당한 이상 죽은 목숨이다."

"미안하지만, 그쪽만 독에 내성이 있는 건 아니라서요."

벌써 내 몸 안의 청명한 기운이 몸에 침투한 독을 정화하고 있었다.

역시 대단한 심법이다.

"그러니까, 그쪽 걱정이나 하시죠."

"흐흐흐, 하긴, 그렇군."

조소 가득한 표정을 짓는 채주.

나는 그가 혀를 깨물어 자진하려는 것을 직감하고는 다

급히 다가가 그의 턱을 걷어찼다.

"웃!"

"허어! 비겁하게 지금 어딜 도망가십니까?"

빡-!

그리고 뒤통수를 후려갈겨 기절시켜 버렸다.

이자가 죽어서는 안 된다.

납치된 아이들의 행방을 아는 중요 인물이니까.

죽어도 그에 대한 정보는 뺄고 죽어야지.

74장. 해야 할 일

해야 할 일

채주와의 싸움을 끝내고, 그자를 질질 끌고 다시 산채로 돌아왔다.

"주군!"

다른 이들을 도와 그곳을 정리 중이던 내 호위들이 달려오다가 순간 멈칫했다.

내 꼴이 그렇게 엉망인가?

서우 무사가 떨리는 목소리로 물었다.

"부상을, 부상을 당하신 겁니까?"

"아……."

나는 고개를 끄덕였다.

"제가 실력은 더 강했는데, 이 채주가 독공에다가 조공까지 쓰더군요. 제 경험이 부족해서 조금 당했을 뿐입니다."

"아니! 독공에 당하셨다는 말씀입니까? 그럼 위험합니다!"

그러더니 분주히 움직였다.

내가 어어 하는 사이, 산채 마당에 침상이 만들어졌고 나는 그 침상에 눕혀졌다.

아니, 언제부터 이렇게 호위 무사들 간에 합이 잘 맞기 시작한 거야.

다른 무사들은 그렇다고 쳐도 명종 무사나 창운 무사까지 왜 이리 잘 맞는 거지?

"채주 놈을 깨워서 어떤 독인지 알아내야 하는 것 아닙니까?"

"음, 그렇군. 우선 급한 대로 내가 가지고 있는 해독제를 써야 할 듯하네."

그들의 말에 나는 한숨을 내쉬며 침상에서 일어났다.

"저기, 제가 왜 아까 여러분들에게 자리를 피하라고 했을까요?"

내 물음에 팔갑이 대답했다.

"그야, 저희가 독공에 휘말리지 않게 하기 위함이 아닙니까요?"

"맞아. 그럼 내가 왜 앞장서서 그자를 상대했을까?"

"어라? 그러고 보니 이상하네요. 우리 도련님은 자기 목숨은 지독하게 아끼고 또 손해 보는 짓도 절대 하지 않으시는데 말입니다요."

칭찬…… 이겠지?

"그래, 잘 아네. 그건 내가 익힌 무공이 웬만한 독은 다 해독하기 때문이야."

나는 호위무사들을 보며 말했다.

"그러니까 저는 괜찮다는 겁니다. 조금 긁힌 것만……."

"조금이라고 하셨습니까?"

서우 무사의 기세에 나도 모르게 움찔했다.

"조금, 많이 베이긴 했죠."

"아까 왜 그런 명령을 내리셨는지는 이해되었습니다. 하지만 말입니다. 그런 자들을 상대한 경험은 주군보다는 저희가 더 많습니다. 그리고 저희 정도라면 어중간한 독은 버틸 수 있습니다."

"……."

"주군께서는 저희를 너무 아끼십니다. 물론 감사한 일이긴 합니다만, 그게 저희의 실책으로 이어질까 봐 두렵습니다."

"……."

"저희를 좀 더 의지해 주셨으면 합니다."

그 말에 나는 잠시 생각에 잠겼다.

아까 내가 왜 호위무사들 대신 그자와 상대하려고 했을까?

정말 내가 독공에 내성이 가장 강하기 때문만이었을까?

그건 아마도 이전 삶의 기억 때문이겠지.

당시에도 팔갑과 호위무사들은 나를 지키기 위해 하나같이 목숨을 던졌다.

그때 느꼈던 그들에 대한 부채감과 미안함이 여전히 내 속에 남아 있는 것이다.

내가 과거로 돌아온 지 육 년째지만, 그 마음은 쉽게 사라질 수 있는 게 아니다.

하지만 그들의 우려도 이해는 간다.

호위무사들의 임무는 나를 호위하는 것인데, 주객이 전도되어 버린 꼴이니까.

때론 배려가 독인 경우도 있다.

이런 경우가 그런 경우겠지.

"사실 저는 제 앞에서 누군가 죽는 것이 싫습니다. 그게 제가 아끼는 이라면 더더욱 그렇습니다."

"……."

"그래서 저도 모르게 그리 행동했던 것 같습니다. 하지만 그게 여러분에게 부담이 되었던 것 같습니다. 죄송합니다. 앞으로는 여러분을 좀 더 의지하도록 하겠습니다."

"저희 역시 주군께 조금 더 의지가 될 수 있도록 노력하겠습니다."

그때 이필 무사가 말했다.

"그런데, 옆구리 부상은 괜찮으십니까?"

"이 정도는 금창약 바르고 보름이면 낫습니다."

내 말에 팔갑이 작은 병 하나를 꺼냈다.

"이럴 줄 알고 제가, 그 신통방통한 정안수를 조금 쟁여 놨었습니다요."

"응?"

신통방통한 정안수라면 설마…… 금령의 침?

팔갑은 나를 간이 침상에 눕혔고, 내 옆구리에 병의 액체를 바르기 시작했다.

상처가 순식간에 아물어 가는 것을 보니 맞네.

하지만 그게 금령의 침이라는 것을 알기에 나도 모르게 찜찜한 표정을 지었다.

"아프십니까요?"

"괜찮아……."

이래서 선입견이 무서운 거라니까.

마지막으로 동굴에서 고초를 당하고 있던 청관이 구출되며 산채는 정리가 되었다.

금의위 대협들의 명에 의해 청관은 간단한 치료 후 다시 포박되었다.

이제 문제는 납치된 아이들이다.

이들을 집으로 돌려보내 줘야 하니까.

아이들이 입고 있는 옷이나 억양을 보면 감숙성 북쪽 부족들의 아이들임은 분명했기에 돌려보내는 게 어렵지는 않을 듯했다.

"그럼 대협들께서 방 상서님과 먼저 북경으로 가시겠습니까?"

"우리 먼저 말인가?"

"네. 저는 아이들을 집으로 데려다주고 북경으로 뒤따라가겠습니다."

내 말에 진영 대협이 멋쩍은 표정을 지었다.

"미안하군. 원래 우리 일인데."

"아닙니다. 아이들을 집으로 돌려보내는 일에 그런 게 어디 있습니까?"

나는 말을 이었다.

"또 저희를 추적하던 이들이 있는 만큼, 여러분이 먼저 출발하시는 게 좋을 겁니다."

"그렇긴 하군."

황제가 서신을 통해 부탁한 건 방 노사를 북경으로 데리고 오는 것과 금의위 대협들의 구출이니까.

그들이 북경으로 안전하게 가는 것이 우선이지.

"하지만 괜찮겠느냐? 네 말대로라면 우리를 위해 네가 미끼가 되겠다는 건데?"

방 노사의 말에 나는 배시시 웃었다.

그의 말이 맞으니까.

하지만 이렇게 저들을 따로 보내는 건 그것 말고도 감숙성에서 해야 할 일이 있기 때문이다.

"제 안위보다 황제 폐하의 명이 최우선이죠. 그리고 저는 걱정하지 않으셔도 됩니다. 제가 생각보다 도망을 잘 다니는 편이라서요."

나는 웃으며 말했다.

"그러니까 돌아가셔서 저를 쫓는 이들이나 얼른 잡아주십시오."

"알겠다. 내 반드시 그리하마."

그렇게 방 노사와 금의위 대협들은 청관 공을 비롯해 이곳에서 추포한 이들을 데리고 북경으로 향했다.

빠르게 가기 위해서 그들은 배를 타기로 했고, 그렇게 떠나는 이들을 배웅하고는 내가 구입해 두었던 산기슭의 집으로 향했다.

팔갑이 아이들과 함께 놀아주고 있었다.

"이제 우리도 슬슬 출발하자."

"네!"

우리는 미리 준비한 마차에 올라탔다. 그리고 마부가 따로 없었기에 팔갑이 마차를 몰았다.

집은 이대로 버려두는 건 아까운 일.

하여 은해상단 감숙 지부에 연락해서 이곳을 관리해 달라고 하였다.

나중에 또 쓸 일이 있을 것 같으니까.

우리가 탄 마차가 움직이기 시작했다.

"이제 집에 가는 거예요?"

다섯 명의 아이 중 하나가 나에게 물었다.

아이들이 나에게 했던 질문 중 반 이상의 질문을 했던 아이다. 이름이 길성이라고 했던가?

"응."

내 대답에 다른 아이들이 무척 기뻐했다.

"그런데 저희 집이 어딘지 저희도 모르는데요?"

길성의 그 질문에 아이들의 눈에 다시금 두려움이 차오르며 어깨가 내려갔다.

"너희들이 입은 옷, 처음부터 입고 있던 옷이지?"

내 물음에 아이들은 서로를 보며 고개를 끄덕였다.

"너희가 입은 옷, 그리고 머리의 장식, 그게 너희가 속한 부족 고유의 표식이거든. 그걸로 너희가 어느 부족의 아이인지 유추할 수 있지."

"저, 정말이요?"

"그러니까 걱정하지 않아도 괜찮아."

"저기…… 선협미랑 대협."

"쿨럭!"

길성의 입에서 나온 명호에 나도 모르게 사레가 들렸다.

여기서도 그 명호를 들을 줄은 몰랐는데.

"대체 그 명호는 어디서 들은 거야?"

"금의위 아저씨들하고요, 그리고 시종 아저씨요."

"……."

나는 몸을 부들부들 떨었다.

"그냥 형이라고 부르면 돼. 하하하."

"네. 형."

길성과 아이들이 내게 고개를 숙이며 말했다.

"정말 감사드립니다."

그들의 인사에 나는 빙그레 웃었다.

아이들을 집으로 돌려보내 주는 건 솔직히 내 이전 삶의 경험이 있었기에 가능한 일이다.

당시 감숙성에서 여러 부족들과 거래하면서 그들의 옷

과 장신구 등등을 유심히 보면서 어느 부족인지 외웠던 경험이 있으니까.

"이쪽입니까?"

"네. 이쪽으로 쭈욱 가면 돼요."

그 기억 덕분에 어느 부족이 어디에 거주하는지까지 알고 있었다.

이런 나를 보고 호위무사들이 신기해했지만, 나는 대충 얼버무렸다.

난주에서 나흘 정도 마차로 달려간 우리는 곧 어느 부족의 거주지에 당도했다.

남자도 여자도 색색의 실을 엮어서 땋은 머리가 인상적인 부족이다.

그 부족의 모습이 보이자 땋은 머리 장식을 한 아이의 눈시울이 붉어졌다.

"워워!"

마차가 멈추었다.

우리가 부족 안으로 들어서자, 외지인의 방문에 부족민들이 긴장하여 우리를 바라보았다.

그리고 건장한 청년들이 무기를 들고 경계했다.

나는 마차 문을 열고 내렸고, 이 부족의 아이를 안아서 마차에서 내려 주었다.

그 아이의 모습에 저쪽에서 새된 비명 비슷한 소리가 들려왔다.

"세중아!"

"어머니!"

아이는 저쪽에서 달려오는 어머니를 향해 후다닥 달려갔고, 그 품에 안겼다.

"세중아! 우리 아들! 대체 어딜 갔다가 온 것이냐?"

"어머니! 어머니!"

"세중이라고? 세중이가 돌아왔다고?"

"아버지!"

나는 가족들의 상봉을 흐뭇한 표정으로 바라보았다.

그때 한 노인이 나에게 다가왔다.

"세중이를 데려다주러 오신 겁니까?"

그 물음에 나는 얼른 포권했다.

"예, 처음 뵙겠습니다. 은서호라고 합니다. 황명을 받아 움직이던 중에 납치된 아이들을 발견하여 구출하였습니다."

"그럼 세중이가 납치된 거였다는 겁니까?"

"안타깝게도, 그렇습니다."

"그런데 아이들이라면?"

"마차 안에 몇 명이 더 있습니다."

그 말에 노인이 고개를 갸웃했다.

"그런데 세중이가 저희 부족의 아이임을 어찌 아신 겁니까?"

그 물음에 나는 내 머리카락을 손가락으로 톡톡 치며 말했다.

"머리 장식이요. 색실을 넣어 머리를 땋는 것, 그중에도 세 가지 색의 실을 넣는 건 이 부족의 특성이지 않습니까?"

"그걸 알아보시다니! 놀랍습니다!"

"제가 상계에 몸담고 있어서 말입니다."

내 말에 노인은 빙그레 웃었고, 자신을 밝혔다.

"이 부족의 부족장 호충이라고 합니다."

"아, 부족장이셨군요."

이미 알고 있었다. 부족장의 표식을 하고 있었으니까. 그리고 이 부족은 신뢰할 만한 자가 아니라면 자신의 이름을 밝히지 않지.

나에게 이름을 밝혔다는 건, 신뢰할 수 있다는 건가?

그때 그 아이가 부모를 데리고 나에게 오더니, 고개를 숙였다.

"저를 구해 주시고, 집에 데려다주셔서 정말 감사드립니다."

"비록 힘든 일이 있었지만, 씩씩하게 잘 살도록 해."

"네. 정말 감사합니다."

나는 가볍게 웃고는 부족장에게 고개를 돌리며 인사했다.

"그럼 저는 이만 가 보겠습니다."

"벌써 말입니까? 은혜도 갚지 못하게 너무 야박하십니다."

"마음 같아서는 머물고 싶지만, 마차 안에 다른 아이들이 있습니다. 그 아이들의 부모가 아이들을 얼마나 기다리겠습니까? 그러니 사정을 헤아려 주십시오."

역지사지라고 했다.

그 마음을 알기에 부족장과 부모 모두 아쉬운 얼굴로 나를 배웅했다.

"그리 말씀하시니 더 잡지 못하겠습니다."

"부디, 다음에 다시 들러주십시오."

그렇게 우리는 그 부족을 떠났고, 다음 부족으로 향했다.

사실 이 부족에 올 때까지만 해도 아이들의 눈빛에는 약간이지만 불안감이 담겨 있었다.

아마도 자신들을 진짜 집에 데려다주려는 것인지에 대한 의심과 걱정 때문이었겠지.

하지만 이렇게 집으로 돌아간 아이를 보게 되자, 아이들의 눈에는 희망이 보이기 시작했다.

다음 부족까지는 하루가 걸렸다.

그 부족은 입고 있는 옷이 살짝 달랐는데, 그래서 쉽게 알 수 있었다.

다음 부족에 도착했을 때는 저녁이었다.

우리가 다가가자 건장한 청년들이 활을 들고 달려 나왔다.

이전의 부족은 무기를 들고 경계만을 했다면, 이곳은 그대로 활을 쏘아 버리겠다는 듯이 실제로 활을 겨누었다.

그만큼 외부에 적대적이면서도 폐쇄적인 곳이다.

"어…… 은인한테 그러면 안 되는데."

당황한 아이에게 나는 부드럽게 말했다.

"그건 이 부족을 지키기 위함이니까 당연한 거야."

"죄송합니다."

"죄송해하지 않아도 괜찮아."

"그런데 오해하면 안 돼요. 우리 부족 사람들 모두 친절하고 착해요. 그리고 원래 저렇지도 않고요."

"그럼그럼, 알지."

나는 아이를 데리고 마차에서 내렸고, 아이의 손을 잡고 그들에게 다가갔다.

그리고 정중하게 포권했다.

"처음 뵙겠습니다. 제 이름은 은서호입니다. 여기, 귀 부족의 아이를 데리고 왔습니다."

그때 아이가 앞을 바라보며 외쳤다.

"얼른 활 내려요! 은인한테 그러면 안 된다고요!"

"어? 강용이? 강용이가 아니냐?"

그들 중 지휘관으로 보이는 자가 손을 올리며 다급히 명령했다.

"공격 해제! 당장 활 내려! 이 자식들아!"

"당장 부족장님한테 알려! 강용이가 돌아왔다고!"

그러고는 내게 다가오며 물었다.

"이게 어찌 된 일입니까?"

나는 자초지종을 말했고, 내 말을 들은 그가 강용이라 불린 아이에게 물었다.

"그게 사실이냐?"

"네. 이분이 저를 구해 주셨어요."

"그랬구나!"

그때 저 안에서 한 남자가 달려왔다.

"강용아!"

"아부지!"

"아이고! 이게 어찌 된 일이냐?"

"부족장님. 이분이 강용이를 데리고 와 주신 분입니다."

그 말에 나는 그제야 강용이라는 아이가 부족장의 아이라는 것을 알게 되었다.

그러고 보니…… 이전 삶에서 언뜻 들었던 이야기가 떠올랐다.

원래 외부에 폐쇄적이지 않았던 곳이지만, 부족장의 아이가 실종된 후 폐쇄적인 곳이 되었다고 했다.

끝끝내 아이를 찾지 못했다고…….

그 아이가, 이 아이였어?

내 지난 삶에서 강용의 부족이 폐쇄적인 곳이라 참 안타까웠었다.

이쪽은 연지의 주재료인 홍람이 무척 잘 자라는 곳.

그래서 홍람의 재배를 부탁하려고 했지만, 그때마다 대차게 거절당하곤 했다.

이유는 단 하나. 외부인과 상종하지 않겠다는 것.

부족장의 아들이 외지인이 왔다 간 후에 실종되었기 때문이었다.

하지만 이렇게 실종된 아들이 돌아왔으니, 그런 배타적인 색이 조금은 옅어지겠지.

나와 부족장은 서로 통성명을 하고 인사를 주고받았다.

"날도 저물었으니, 하룻밤 머물고 가게."

"그럼, 사양하지 않겠습니다."

어차피 어두워서 더 가지 못했으니까.

그리고 좀 쉬기도 해야 한다.

아무리 마차를 타고 이동하는 거라고 해도 이동하는 것 자체가 체력적으로 부담이 되니까.

그때, 부족장이 마차를 힐끔 보더니 물었다.

"혹시 다른 아이들도 있는 건가?"

"예. 다섯 명의 아이를 구했고, 한 명은 이미 데려다줬습니다. 강용이가 두 번째입니다."

"그랬군. 잠시 만나 봐도 되겠나?"

"아이들에게 물어보겠습니다."

혹시라도 아이들이 무서워할 수도 있으니까.

아이들은 괜찮다고 했고, 그들은 나를 따라 부족장의 집으로 왔다.

"내 아버지셔."

강용의 소개에 아이들은 쭈뼛거리며 인사했다.

"아, 안녕하세요."

"만나서 반갑다. 이렇게 무사해서 다행이구나."

그리 말하는 부족장의 눈은 그 아이들을 살폈다. 그 시선으로 봐서는 아이들이 어느 부족의 아이인지를 살피는 듯했다.

잠시 후,

그 부족장은 나에게 잠시 밖으로 나오라는 듯 손으로 밖을 가리켰다.

나는 부족장을 따라 밖으로 나갔다.

"우선, 다시 감사를 표하네. 내 아들을 구해 주고 또 이렇게 데려다주어서 정말 감사하네."

"해야 할 일을 했을 뿐입니다. 미래의 동량인 아이들을 보호하는 건 어른들의 의무 아닙니까?"

"하지만 그 어른들이 아이들을 납치했지."

"……."

"내 말은 죽어 마땅한 어른들도 있고, 또 도리를 아는 자는 감사를 받아 마땅하다는 거네."

그리 말한 부족장이 말을 이었다.

"저 아이들, 내가 아는 부족의 아이들이네. 이곳으로 오라고 연락하겠네."

"번거로우실 텐데, 괜찮겠습니까?"

"물론. 나 역시 아이를 잃은 아버지가 되어 봤는데 그들의 심정을 어찌 모르겠나?"

그는 말을 이었다.

"다행히, 저 아이들의 부족들 모두 우리와 우호적인 부족이니까 우리가 부르면 올 거네. 그러니 우리 쪽에서 사람을 보내도록 하겠네."

"감사합니다."

사실 아이들을 돌려보내 준 후, 감숙에서 해야 할 일이 있었다.

그렇기에 서두른 것도 있었는데 이렇게 도움을 주신다니 감사하네.

부족장은 곧 사람을 부르더니 세 아이의 부족에 전갈을
보냈다.

날이 어두워서 내일 보내는 것이 낫지 않겠냐고 말했지
만, 이들은 익숙해서 괜찮다고 하기에 고개를 끄덕였다.

그리고 마음 편히 하룻밤을 보냈다.

* * *

다음 날.

아침이 되자마자 어제저녁에 출발했던 전령이 돌아왔다.

그는 다른 부족의 한 부부와 같이 왔다.

그들은 말에서 내리기 무섭게 한 아이의 이름을 불렀다.

"응만아! 응만아! 어디 있니?"

그 소리에 부족장의 집에서 자고 있던 응만이라는 아이
는 퍼뜩 잠에서 깼다.

"어? 어머니 목소리인데?"

그때 앞에 앉아 있던 한 미청년과 눈이 마주쳤다.

자신들을 구해 준 좋은 형이었다. 그 형은 웃으며 바깥
을 가리켰다.

"뭐 해? 어머니가 부르시는데 빨리 나가 봐야지."

"어…… 네!"

그 말에 응만은 고개를 끄덕였고, 얼른 침상에서 일어
나 밖으로 나갔다.

"어머니! 아버지!"

"아이고! 정말 우리 웅만이가 맞네!"

"이 녀석아, 대체 어딜 갔다가…… 흐윽……."

그들 부부는 간밤의 일을 잊을 수 없었다.

어느 날 자신의 아이가 갑자기 사라졌다. 사실 그동안 부족의 아이가 사라지는 일은 종종 있었다.

주변 환경상 들짐승에게 해를 입는 경우가 있었기에 그런 줄 알고 상심에 잠겨 있었다.

그런데 간밤에 찾아온 이웃 부족의 전령이 그들에게 믿기 힘든 소식을 전했다.

"혹시 웅만이라는 아이가 이 부족의 아이입니까?"

"아, 그래. 맞네."

"지금 저희 부족에 있습니다. 하여 그 아이를 찾아가라는 부족장님의 전언입니다."

그들은 다급히 말을 달려 이곳으로 왔고, 아이와 재회할 수 있게 된 것이다.

"대체 어찌 된 일이냐? 네가 갑자기 사라져서 들짐승에게 해를 당한 줄 알았다."

웅만은 아버지에게 자초지종을 설명했다.

지나가던 상인이라는 자가 준 만두를 먹고 정신을 잃었는데, 깨어 보니 자신은 어디론가 강제로 끌려가고 있었다는 것.

그리고 동굴의 뇌옥에 갇혔다는 것과 그런 그들을 한

잘생긴 형이 구해 주었다는 것 등등.

그 설명에 응만의 부모는 깜짝 놀랐다.

상상도 못 했던 이야기였으니까.

'그러고 보니 요즘 부족에서 사라진 아이들이 많아서 이상하다고 생각은 했지만.'

그때 응만이 활짝 웃으며 말했다.

"저 형이 저를 구해 준 형이에요! 그리고요, 선협미랑 대협이라고 불리는 무림의 영웅이시래요."

* * *

응만의 부모를 시작으로 다른 아이들의 부모도 하나둘 도착하기 시작했다.

마지막으로 도착한 이들은 길성이라는 아이의 아버지였다.

가장 먼 부족에서 왔다고 들었는데, 그래서 혼자만 온 듯했다.

"내일 도착해도 빨리 왔다고 할 정도인데…… 하긴, 나역시 아이를 잃어 본 경험을 하니 그런 건 의미가 없더군."

"그래도 이리 도와주셔서 감사합니다."

"별말을 다 하는군. 그나저나 이 은혜를 어찌 갚아야할지 모르겠네."

그는 말을 이었다.

"사실, 강용이를 가졌을 때 아버지께서 태몽을 꾸셨지."

며느리의 태몽을 시아버지가 꾸다니, 특이한 경우도 다 있구나 싶었다.

"그때 누군가 그랬다더군. 강용이가 무사히 부족 안에서 성인이 된다면 우리 부족은 크게 윤택하게 될 것이라고. 하지만 강용이가 우리 부족 안에서 성인이 되지 못한다면 우리 부족은 궁핍해질 거라고."

"……."

"물론 아버지의 꿈일 뿐이지만, 그래도 강용이는 우리 부족의 미래이자 희망이었다네."

이미 한 번의 삶을 경험해 본 나로서는 부족장의 말을 가볍게 넘길 수가 없었다.

"그래서 말인데, 자네에게 반드시 보답을 하고 싶군."

"제가 한 일이 아니라 다른 분들이……."

"하지만 내 아이를 직접 구해 준 자는 자네이지 않나? 그리고 납치한 놈들의 우두머리를 혼자 상대했다고도 하고."

강용이가 다 보고 있었구나.

"그러니, 내 청을 거절하지 말게나."

그 말에 잠시 고민하던 나는 고개를 끄덕였다.

"알겠습니다. 그럼 한 가지 부탁을 해도 되겠습니까?"

"편하게 말하게나."

"혹시, 홍람이라는 풀에 대해 아십니까?"

"당연히 알지. 연지를 만드는 풀이 아닌가?"

"그에 관련하여 부탁드릴 것이 있습니다."

나는, 부족장에게 홍람의 재배를 위탁했다. 나는 홍람

을 가공해서 팔아 돈을 벌고, 부족은 내게 홍람을 공급해 돈을 벌고.

이게 일석이조이지.

아무튼, 내가 구한 아이 다섯 명 모두 부모를 만날 수 있게 되어 다행이었다.

그날 저녁.

부족장은 연회를 베풀었다.

특히 잃어버렸던 아이를 찾은 부모에게는 더없이 기쁜 자리였다.

그때 웅만의 아버지가 나에게 다가왔다.

"저, 대협."

"대협이라는 말은 아직 과분합니다."

"전혀 과분하지 않습니다. 대협만큼 대협이라는 말이 어울리는 자가 어디에 있단 말입니까? 안 그렇습니까? 선협미랑 대협."

윽!

그 명호가 이곳까지 퍼져 버리다니!

팔갑을 입을 통해 아이들에게 전해지고, 또 그 부모들에게까지……

이러다가 감숙성 북쪽 부족 전체에 내 명호가 퍼지는 건 아니겠지?

나는 민망한 표정으로 말했다.

"알겠습니다. 알겠으니 선협미랑이라는 말은 **빼 주십**

시오. 부끄럽습니다."

그는 피식 웃으며 고개를 끄덕였다.

"그리하죠. 다름이 아니라, 혹시 다른 납치된 아이들에 대해 아십니까? 사실, 최근에 저희 부족에서 사라진 아이들이 두어 명 더 있습니다."

그 말에 다른 이들 역시 그 말에 동조했다.

"저희 역시 그렇습니다."

"저희 부족도 두 명의 아이가 사라졌습니다."

역시나……

예상했지만, 각 부족에서 참 골고루 납치했네.

나는 찻잔을 내려놓으며 말했다.

"사실, 이 일은……"

아이들이 사라지고 있다는 소식을 관리들이 이미 황제 폐하께 보고했고, 황제 폐하께서도 사람을 보내 이를 조사하라 명하셨다는 것 등을 설명했다.

물론 자세한 기밀은 빼고.

"황제 폐하께서는 그들을 심문하여 끌려간 아이들을 찾아, 그 아이들을 최대한 집으로 돌려보낼 수 있도록 하실 겁니다."

"아아, 은혜에 감사드립니다!"

"정말 이 제국의 홍복이군!"

"그러니 조금만 기다려 주십시오. 황제 폐하께서는 최선을 다하고 계십니다."

황제 폐하? 보고 계십니까?

제가 이렇게 황제 폐하의 덕치를 널리 알리는 충신입니다.

그러니까, 제가 쓴 돈들을 모른 척하지는 않으실 거라고 믿습니다.

.

.

.

그렇게 연회가 끝난 다음 날.

부족에 아이들을 찾으러 왔던 이들은 돌아갈 준비를 했다.

그때, 길성이가 내게 다가왔다.

"대협."

"너도 대협이냐? 짜식. 그냥 형이라고 부르라니까."

나는 손을 내밀어 그의 머리를 쓰다듬었다. 열 살 남짓한 아이가 나에게 대협이라니.

그건 전혀 귀엽지 않다고.

물론 다섯 아이 중 가장 나이가 많기는 하다. 열네 살이라고 했었나?

"아, 형!"

"그래, 이제야 좀 들어 줄 만하네? 왜?"

"이 은혜, 반드시 갚을 거라고요."

"그런 생각 하지 말고, 우선 튼튼하고 건강하게 자랄 생각 먼저 해."

"우쒸! 좀 진지하게 들으면 안 되나요? 저 지금 나름 심각하고 진지하게 이야기하는 거라고요."

"나도 알아."

"네?"

"네가 진지한지 장난인지는 보면 바로 알아. 네가 진지하게 말하고 있다는 건 잘 알고 있어."

"……."

"그래, 내가 너의 그 각오를 모르는 바가 아니야. 하지만 말이지. 지금 너에게 필요한 건 그런 각오가 아니라 어떻게 하면 잘 먹고 잘 살 수 있는지에 대한 고민이 아닐까?"

내 말에 길성이가 고개를 갸웃했다.

"네?"

"솔직히 말해서 네가 은혜를 갚을 수 있는 능력이 되어야 나에게 도움이 되는 거니까."

길상의 얼굴은 심각해졌다.

내 말이 그렇게 심각하게 들렸나?

나는 다시 그의 머리를 쓰다듬다가 엉클어트리며 말했다.

"그러니까, 그건 나중에 생각하고 몸 건강히 잘 살아라. 꼬맹아."

"으씨! 형!"

"얼른 가."

나는 길상의 등을 떠밀었고, 길상은 그렇게 가다가 머뭇거리며 나를 돌아보았다.

"형!"

"응?"

"기대해요! 반드시 형에게 도움이 되는 사람이 될 테니까요."

그리고 후다닥 그 아버지를 향해 달려갔다. 그리고 그
곳에 모여 있던 이들에게 뭐라고 말했다.

응? 뭐라고 말하는 거지?

내가 청각에 공력을 집중하려고 할 때, 서우 무사가 말
했다.

"길성이라는 아이, 크게 될 아이입니다."

"네?"

"그렇게 느껴졌습니다."

그렇게 아이들은 각자의 집으로 돌아가고, 나는 응만의
부족과도 헤어졌다.

"그럼, 다음에 뵙겠습니다."

"조심해서 가시게나."

"예. 다들 잘 지내십시오. 응만이도 잘 지내고."

"네!"

그렇게 우리 일행은 그 부족을 나섰다.

"도련님, 이제 우리는 어디로 가는 겁니까요?"

"공동산."

"네?"

팔갑은 두 눈을 깜빡이다가 물었다.

"설마 공동산이라면, 공동파가 자리 잡고 있는 그 산을
말하는 겁니까요?"

"맞아."

나는 말을 이었다.

"그곳에서 좀 숨어 있으려고. 감숙성의 패자인 공동파가 자리 잡고 있으니까 안전할 거 아니야?"

내 말에 서우 무사가 고개를 끄덕였다.

"충분히 타당한 말씀입니다."

"이제 슬슬 속았다는 것을 깨닫고 제대로 추적해 왔다면, 감숙성에 가까워졌을 때니까."

물론 아무 의미 없을 거다.

이미 일은 다 해결했고, 방 노사님은 다른 이들과 황하물줄기를 따라 북경으로 가고 있을 테니까.

그래도 혹시 모르니 그들이 도착할 때까지 시간을 벌어줄 겸, 술래잡기를 할 생각이다.

그리고 겸사겸사 해야 할 일도 있고.

* * *

그 시각.

흑도 출신으로 구성된 추격대는 감숙 땅을 밟았다.

"드디어 감숙이다!"

"젠장!"

"이곳에는 있겠지?"

그들은 이를 갈았다.

광동으로 갔다는 말에 남쪽으로 추격했지만, 중간에 이상한 느낌을 받아서 다시 의뢰를 했다.

그곳의 개방과 하오문에서는 감숙으로 간 것 같다고 했다.

돈과 시간을 낭비한 것은 물론, 고생도 엄청나게 했기에 그들은 다시 개봉으로 돌아가 하오문과 개방에 따졌다.

"분명히 그때의 정보로는 광동으로 가고 있었네. 나중에 그들이 길을 바꾼 것인지, 감숙으로 갔다는 정보를 들었네."

이에 상부에 보고하자, 상부에서는 반드시 은서호가 지닌 서신이 어떤 서신인지 알아와야 한다고 했다.

하여 다시 길을 떠나 감숙으로 온 것이다.

그들은 주먹을 불끈 쥐었다.

"이번에는 실패는 없다! 반드시 은서호, 그 자식을 족쳐 버린다!"

곧 그들은 감숙성 곳곳을 다니며 은서호를 수소문하기 시작했다.

그 흔적과 정보를 따라 다다른 곳은…… 폐허가 된 산채였다.

그런데, 한 무리의 흑도인이 그곳을 살피고 있었다.

"웬 놈들이냐?"

"그러는 너희는 누구냐?"

"무슨 볼일이 있는지 모르겠지만, 물러나지? 이곳은 우리가 먼저……."

"그럴 순 없다!"

"후, 그렇담 어쩔 수 없지."

스릉,

"훗! 우리가 할 소리!"

스르릉.

그들은 서로 무기를 빼 들었고, 의문의 두 흑도 무리가 충돌했다.

일반적인 상황이라면 두 흑도 무리는 이렇게 충돌까지 가지 않을 수도 있었다.

하지만 두 집단은 서로 열이 받을 대로 받은 상태였다.

우선 아이들 납치의 배후이자 산채의 상부였던 흑도의 입장에서는 제법 공을 들인 산채가 하루아침에 박살이 난 상황.

하여 산채를 그리 만든 자를 찾는 중에 다른 흑도 무리가 왔으니, 그들이 산채를 엉망으로 만든 자라고 착각하는 것도 무리가 아니었다.

은서호를 쫓아서 온 흑도 무리들도 잔뜩 열 받아 있는 건 마찬가지.

하지 않아도 될 고생을 한 그들이다. 어디든 화풀이를 하고 싶었기에, 걸어오는 싸움을 마다하지 않은 것이다.

하필 서로 간에 실력이 비등비등한 탓에, 두 흑도 무리는 제법 큰 피해를 입을 수밖에 없었다.

한편, 두 흑도 무리가 충돌하게 만든 원인을 제공한 장본인은 지금 공동산에 있었다.

"이곳이 공동산입니까요?"

팔갑의 물음에 나는 고개를 끄덕였다.

"말씀하신 대로 멋있긴 합니다요."

"당연하지."

예로부터 공동산은 서래제일산, 동공산색천하수 등의 별칭이 있을 만큼 산세가 수려하다.

또한, 북두성과 북극성 아래 공동산이 있다는 말이 있을 정도로 유명한 곳이다.

"혹시라도 공동파 도사들을 만나면 정중하게 예를 갖추도록 해."

여응암 무사가 설명을 덧붙였다.

"공동파는 코앞에 천마신교의 본산인 십만대산이 위치해 있습니다. 그러다 보니 서로 간의 충돌도 잦고, 항상 외부인을 경계하고 다니죠."

"그러니까, 쉽게 말해서 천마신교한테 시달린 나머지 적으로 판단되면 곧바로 목을 따려고 한다는 거야."

"무섭습니다요."

"그리 긴장할 건 없어. 그래도 좋은 곳이니까."

그렇다.

공동파는 참으로 좋은 곳이다.

그러니까 천마신교에게 허구한 날 두들겨 맞으면서도 이 공동산을 버리지 않고 꿋꿋하게 버틸 수 있는 거다.

물론 복수심 때문에 버티는 것도 있을 거 같다.

함께 무공을 수련하던 동도들이 천마신교에 의해 죽어 갔는데, 복수심이 없을 리가 없지.

그래서 공동파의 무공 중 대표적인 검법의 이름도 복마 검법(伏魔劍法)이다. 천마신교를 굴복시킨다는 뜻이지.

"그럼 저희는 이곳에 숨어 있는 겁니까요?"

"응."

나는 고개를 끄덕였다.

"천마신교랑 공동파가 심심하면 싸워 대는 곳인데, 흑 도의 이들이 여기까지 접근할 리가 없지."

사실 천마신교에 투신하기 위해 흑도의 인물들이 종종 감숙성을 찾곤 한다.

하지만 그런 그들이 절대 접근하지 않는 곳이 있었으니 바로 이 공동산이다.

흑도 출신이 이곳을 지나다니다 공동파 도사에게 걸리 면 뼈도 못 추릴 테니까.

"그런데 공동산에는 객잔 같은 거 없습니까요?"

팔갑의 물음에 여응암 무사가 대답했다.

"물론 있습니다. 그런데 좀 특이한 게, 이곳 공동산에 있는 모든 객잔은 공동파에서 직접 운영하고 있습니다."

"네? 공동파에서 말입니까요?"

"응."

나는 고개를 끄덕였다.

"평소에는 객잔으로 쓰다가 비상시에는 객잔을 일종의

병참기지로 사용하거든."

공동파야말로 항상 전시태세를 갖춘 곳이라고 생각하면 된다.

매사에 항상 천마신교를 저지하는 것에 진심이었던 공동파.

지난 삶에서 이맘때쯤, 그런 공동파를 힘들게 했던 사건이 하나 벌어졌다.

내가 이번에 이곳 공동산에 온 이유도, 그 사건의 원인이 되는 무언가를 손에 넣기 위해서였다.

잠시 후.

우리는 공동산에 위치한 객잔 앞에 당도했다.

"......"

여응암 무사를 제외한 모든 일행은 감탄을 연발했다.

"객잔이…… 엄청 크군요."

"이런 곳에 삼 층짜리 객잔이라니!"

"생각도 하지 못했습니다."

보통 이런 산속의 객잔은 일 층, 기껏해야 이 층 정도거든.

그리고 산속에 위치해 있으니 작고 허름한 것이 보통이고.

그런데, 객잔이 작으면 병참기지로 쓸 수 있을까?

천마신교와 한 번 붙으면 최소 한 달은 치고받고 싸워야 하는데 말이지.

나는 피식 웃으며 말했다.

"아버지께 들었을 땐 그러려니 했는데, 이렇게 보니까 정말 크긴 하네요. 들어갑시다."

우리는 객잔 안으로 들어갔다.

"어서 오십시오. 시주님들."

허리에 검을 찬 점소이가 우리를 맞아 주었는데, 호칭을 보니 공동파의 제자인 듯했다.

"며칠 정도 묵어가고자 합니다."

"알겠습니다. 방은 몇 개나 필요하십니까?"

"세 명이 묵을 방 두 개와, 두 명이 묵을 방 하나면 됩니다."

나와 팔갑이 한 방을 쓰고, 호위무사들이 세 명씩 두 개의 방에 나눠 묵을 생각이다.

"알겠습니다. 그리고 시주님들께서는 어디서 오셨습니까?"

중요한 순간이다.

손님인지 적인지 구분하기 위한 질문이니까.

"저희는 북경에서 왔습니다."

"북경이라면, 그 멀리서 말씀입니까?"

"네."

나는 옷소매에서 슬쩍 감찰어사의 패를 내밀어 보여 주었다.

"헙!"

"비밀로 해 주셨으면 합니다."

"물론입니다."

상대가 자세히 묻기도 전에 감찰어사의 패를 보여 준 이유는 두 가지.

첫째로, 어중간한 거짓말은 통하지 않는다.

무슨 볼일이 있어서 방문했는지 물어보고 직접 사실인지 아닌지 알아볼 텐데, 만약 거짓말이라는 것이 밝혀진다면 퍽 곤란해진다.

둘째로, 이곳 공동파는 황실과 모종의 관계가 있는 곳이기에 황제의 명으로 온 이들에 대해 아무것도 묻지 않고 최대한의 편의를 제공해야 하는 의무가 있는 곳이다.

이제 내가 이곳에서 무슨 일을 하더라도 의심하거나 방해할 일은 없겠지.

방에 짐을 풀어 놓고 일 층으로 내려왔다.

저녁을 먹어야 하니까.

"저녁, 주문하시겠습니까?"

내 신분을 알기 때문인지 나를 대하는 것이 제법 공손했다.

감숙성에 왔으면, 먹어 봐야 할 요리가 몇 가지 있다.

"우육면과 양고기 순대 그리고 기름에 볶은 묵 요리를 주십시오."

"알겠습니다."

"그리고 혹시 첨배(甛酷)가 있습니까?"

첨배는 귀리를 발효시켜서 만든 전통 음료다. 귀리 알맹이가 동동 떠 있는 게 특징인데, 금방 쉬어 버리기 때문에 이런 고산지대가 아니면 맛보기 힘들다.

"있습니다."

"그것도 하나씩 주십시오."

"그건 식사 끝나고 드릴까요?"

"네."

곧 음식이 나왔고, 우리는 맛있게 저녁을 먹었다.

.

.

.

다음 날 아침.

우리는 말을 맡겨 두고 객잔을 나섰다.

중간에 점심을 먹고 다시 걷기를 세 시진쯤, 작은 동자승을 조각한 바위가 보였다.

그 바위가 보이면 다 온 거다.

나는 내 일행을 보았다.

다들 일류 이상의 무인들답게 지친 기색은 없어 보였다. 팔갑도 쌩쌩해 보일 정도니.

다행이었다.

이제부터가 아주 힘들거든.

"여기서 좀 쉴까요?"

"알겠습니다."

우리는 그 앞의 공터에 놓인 바위들 위에 걸터앉았다. 수통을 꺼내 물을 마시고, 육포를 꺼내 나누어 먹었다.

육포는 저번에 개봉의 상점에서 사 온 육포인데, 워낙

많이 사 와서 아직도 남아 있었다.

"혹시 다들 절벽은 좀 탈 줄 아십니까?"

호위무사들에게 묻자, 서우 무사가 고개를 갸웃하며 답했다.

"어느 정도 할 줄 압니다."

이어서 명종 무사와 창운 무사가 대답했다.

"절벽 타기라면…… 자신 있습니다. 막 화산파의 제자가 되었을 때는 화산의 단장애를 하루에도 두 번 이상 오르고 내려가기를 반복했었습니다."

나는 고개를 돌려 여응암 무사와 이필 무사를 보았고, 그들은 고개를 끄덕였다.

"저희 종남파 역시 절벽을 오르내리는 훈련을 많이 했습니다."

여응암 무사와 이필 무사도 어느 정도 할 줄 안다고 답했다.

그때 팔갑이 물었다.

"도련님, 대체 뭐 때문에 절벽까지 오르시는 겁니까요?"

"응, 보물찾기."

"네?"

"일전에 낙양에서 얻은 서책 기억하나 모르겠네? 거기에 쪽지가 여러 개 있었거든. 그 중에 하나에 적혀 있었는데, 이곳 공동산에도 보물이 있다고 하더라."

내가 대충 둘러댄 말에 명종 무사와 창운 무사는 당황

한 표정이었다.

"정말 그걸 믿고 가시는 겁니까?"

"일전에도 말했지만, 사내라면 누구나 마음속에 보물
지도 하나쯤은 품고 살잖아요."

"……."

"그럼, 갑시다."

다시금 일각 정도 걷다 보니, 한 절벽과 마주하게 되었다.

나는 팔갑에게 말했다.

"팔갑은 여기 아래에서 기다리고 있어."

그렇게 나와 여섯 무사는 함께 절벽을 올라갔다.

솔직히 경사도가 거의 수직인 절벽을 올라가는 건 참
힘든 일이었다.

하지만 이 고생을 감수할 만한 보물이 저 위에 있다.

그렇게 반 시진을 꼬박 절벽을 오른 우리는 드디어 여
러 명이 설 수 있는 평지에 다다랐다.

"후, 다 온 겁니까?"

"네. 다 왔습니다."

"그나저나 명종 무사님과 창운 무사님, 제법이시네요.
그렇게 절벽을 잘 오르시다니! 놀랐습니다."

"요즘 절벽을 오르지 않아서 실력이 퇴보한 겁니다."

"그게 퇴보한 실력이라니……."

"전성기에는 어땠는지 궁금하군."

그들은 여유롭게 이런저런 이야기를 주고받았다.

나는 그사이 주변을 살폈고, 동굴을 발견했다.

"여기 동굴이 있네요. 들어가 보죠."

동굴의 입구는 무척이나 좁아서 멀리서는 보이지 않을 정도였다.

안쪽으로 들어가다 보니, 검은색으로 옻칠 된 제법 큰 상자 하나가 보였다.

그리고 그 상자에 붙어 있는 낡디낡은 종이에는 [이는 하늘이 내린 것이니, 하늘의 뜻에 따라 쓰이기를 바란다]라고 적혀 있었다.

"제가 열어 보겠습니다."

서우 무사가 나섰고, 진유 무사가 경계를 했다.

끼이익.

상자가 열렸다. 그리고 순간…… 호위 무사들은 두 눈을 깜박였다.

"이, 이건…… 운철이 아닙니까?"

그렇다.

내 지난 삶에서 공동파를 힘들게 했던 사건의 원인이자, 내가 손에 넣으려는 것이 바로 이 운철이다.

당시 이 운철은 우연찮게 발견됐다.

공동파의 한 제자가 호랑이에게 쫓기다가 이 절벽 위에서 여기로 떨어졌다.

그리고 이 동굴에 들어갔다가 이걸 발견한 것이다.

운철이란 하늘에서 내린 철이라 부르는 것으로, 가끔 하늘에서 불꽃과 함께 떨어지곤 했다.

그 철로 무기를 만들면 그 강도뿐만 아니라 예기 역시 남달랐다.

게다가 사악한 것을 물리치는 효과도 있기에 운철로 만든 무기는 무조건 신병이기가 될 정도.

그런 운철이 한 궤짝이 발견되었으니 세상이 발칵 뒤집히는 건 당연지사였다.

바로 옆에 있는 천마신교뿐만 아니라 수많은 이들이 이 운철을 노리고 야욕을 드러냈다.

공동파는 이를 지키려고 했지만, 그 압박을 이기지 못하고 결국 무림맹에 헌납하고 말았다.

하지만 무림맹에서 가져간 운철은 세상에 드러나지 않았다.

분명히 더러운 일에 쓰였을 터.

그럴 바에는 차라리 내가 손에 넣을 생각이다. 그러면 공동파도 힘들어지지 않고, 무림맹에 운철이 넘어가지도 않을 테니까.

"와우! 진짜 보물이네요."

"그 서책에 그런 보물 지도를 끼워 놓은 분이 누군지 정말 궁금합니다."

"이건 어찌하실 겁니까?"

서우 무사의 물음에 나는 웃으며 말했다.

"당연히, 저희가 가져가야죠. 보물은 발견한 사람이 먹는 게 이 바닥의 규칙 아닌가요?"

"맞습니다."

내 말에 창운 무사가 조심스레 말했다.

"이거…… 조심해야 할 듯합니다. 다른 사람의 귀에 들어간다면 난리가 날 테니까요."

"맞습니다."

두 무사는 일전에 무림맹에 의해 파문을 당할 뻔한 일을 겪은 덕분인지, 무림맹에 헌납해야 하지 않겠냐는 얼빠진 소리를 하지 않았다.

물론 그런 것까지 감안해 두 사람을 함께 데리고 온 것이기도 하다.

나는 운철을 보며 대강 계산해 보았다.

이 정도면 검이 넉넉하게 나오겠지?

나는 이 운철로 내 호위무사들의 검을 하나씩 만들어 줄 생각이다.

내 호위무사가 된 이상, 나와 함께 원하지 않는 온갖 시련을 마주하게 될 터.

그럴 때 본인의 목숨을 지켜 주는 가장 첫 번째는 바로 든든한 무기이다.

내 호위무사들이 무사히 나와 염원을 이루고, 오랫동안 부귀영화를 누렸으면 한다.

물론 이 운철의 가치는 어마어마하지만, 나에게 호위무사들은 그보다 더 어마어마한 가치의 이들이다.

"그럼, 모두 비밀로 해 주실 거죠?"

"물론입니다."

"감사합니다. 그럼 내려가죠."

나는 상자 안에서 운철을 꺼내 주머니에 넣었다.

그러곤 상자에 적힌 글귀를 보았다.

[이는 하늘이 내린 것이니, 하늘의 뜻에 따라 쓰이기를 바란다]

내가 이 운철을 발견한 건 하늘이 허락했기 때문에 발견한 것 아닐까?

그러면 내가 이 운철을 어찌 사용하든 하늘의 뜻이겠지.

나는 그렇게 생각하기로 했다.

상자는 깔끔하게 불태워서 흔적을 없앤 우리는 절벽을 다시 내려왔다.

"도련님! 위에 보물은 있었습니까?"

팔갑의 물음에 나는 피식 웃었다.

"나중에 말해 줄게."

내 표정에 팔갑은 알겠다는 듯이 고개를 끄덕였다.

"제가 물고기를 잡아 놨습니다요. 오늘 저녁은 그거 구워 먹으면 될 듯합니다요."

그 짧은 시간 안에 물고기 구이까지 준비하다니!

역시 팔갑이다.

그나저나 방 노사님과 금의위 대협들은 지금 어디쯤 가고 계시려나?

이제 슬슬 북경으로 돌아가고 싶은데 말이지.

(은해상단 막내아들 15권에서 계속)